最凶の人型魔導書に偏愛されているのですが。

柏てん
Ten Kashiwa Presents

fairy kiss

この作品はフィクションです。
実際の人物・団体・事件などに一切関係ありません。

最凶の人型魔導書に偏愛されているのですが。

プロローグ

奥村一花《おくむらいちか》、独身。彼氏なし。
ゆとりにもさとりにもなりきれない二十五歳。
最近の悩みは相次ぐ友人の結婚でご祝儀貧乏なこと。
趣味は古書店巡りと図書館通い。ネット小説（注：ロム専）は嗜《たしな》む程度。
そんなどこにでもいる女。それが私、奥村一花。

それなのに——どうしてこうなった。

第一章　古本屋で買った本がまさかの

分厚い本を開きながら、私は泣きたくなった。

『あるじ様、早く詠唱してください』

「詠唱？　それってどうやるの⁉」

『〝エンチャント《詠唱》〟と叫ぶのです！』

「お、思った以上にイタイ！」

場所は全く覚えのない、植物が生い茂る森の中。

服装は古本屋帰りの飾り気ないカーディガンと、白のブラウス。それにスカートに見せかけて股が割れてる千四百九十円（税別）のワイドパンツだ。

あとはフリマで買ったフォークロア調のショルダーバッグに、古書店で入手した本日の戦利品数冊が入った折り畳みのエコバッグ。

そして手にしている本こそ、本日の戦利品の目玉。

分厚くて意味不明な図形がいっぱい描いてある、なんちゃって魔導書。お値段三百二十四円（税込)。

聞けば店主にもよく分からない来歴不明の本だそうで、何語で書かれているかすら不明らしい。

しばらくは図書館に通って、それの解読ごっこで週末を潰そうとしていたのに——これはどういうことだろう。

自宅に帰るため近道のトンネルを抜けたら、なぜかそこは森の中でした。んな馬鹿な。あと五分も歩けば私のアパートに着くはずだったのに。

ついでに所々破け、黄ばんでいたはずの本が、今は手のひらの上で薄く光を放っている。

何よりこの本、喋《しゃべ》る!

『痛いですと!? どこかお怪我なさったのですか? ぜひその血をわたくしめに……!』

「な、何言ってるの!?」

『今この瞬間にもあるじ様の血が地表に滴り落ちているかと思うと、わたくし身震いが止まりません』

「なんかもういろんな意味でイタイこの本」

そう、先ほどから私に意味不明な指示をしてくるのは、目も口も耳もないはずの本なのだった。

風もないのに勝手に開いた本は、私の手のひらの上で軽く浮いている。

もう意味不明すぎて泣きたい。泣いてもどうにもならないことは分かっているけど。

突然だが私はピンチだった。

なにせ目の前には、これまた意味不明の生き物が。

犬に似ているが、私の知っているそれより圧倒的に凶暴そうだ。

牙をむき出しにして涎《よだれ》を垂らし、その目は白目がなく黄色に光っている。一瞬狂犬病かなと疑うが、絶対にそうじゃない。

世界中にどんなびっくり犬がいようが、絶対こんな犬はいないはずと断言できる。

「グルルゥ。コイツ魔導書持ちか！」

「詠唱の前にやっちまえ！」

何しろこいつら喋るのだから。

本が喋って犬が喋って。これで日本だというのなら、それはもう私が夢の世界へ旅立ったとしか思えない。

むしろ夢ならいいのに。

飛びかかってこようとするそいつらを見上げながら、涙目でそんなことを考える。

『あるじ様！』

「もう！　どうとでもなれ、エンチャント！」

叫んだ私を、強烈な羞恥心と中二感が襲った。

違った。襲ったのはとてつもない光だった。

白く目映《まばゆ》い光が目を刺す。三原色のちょうど真ん中。全ての波長を含んだ光。

思わず目をつぶる。

まぶたの裏の血管が見えそうなほど眩しい。

そして目映さの中で、悲鳴が聞こえた。

「ヒィ！　こいつはまさか！」

「キャインキャイン！」

酷く怯えた犬のような鳴き声。

おそらくはさっきの喋る犬たちの声だ。

そしてズゴ――――ッという、ストローでジュースをすすった時の何倍も凄いような音が響き渡る。

うん？　喩《たと》えが悪いって？

だってそうとしか喩えようがないのだからしょうがない。

しばらく待って、光が落ち着いてきたのを見計らって目を開けた。

するとそこは確かに先ほどまでいた森で、けれど犬がいた空間だけがなぜか丸く抉《えぐ》れていた。

木や草までもが一切合財なくなり、地肌どころかその下の地層まで見えている。突然森の中に、丸いくぼみが出現したのだ。

そういえば、手元にあったはずの本までなくなっている。

「しまった。久しぶりすぎて加減が分からなかった」

呆気にとられる私の横で、頭を掻いているのは見たこともない男性だった。

長めの黒い髪に、同色でやけにクラシックな燕尾服。ベストと上着の内ポケットを繋いでいるのは、金の細いアルバートチェーンだ。

私より頭二つ分は大きい長身。白く小作りな顔は作りものめいている。黒髪だが、明らかに日本人ではない。だって彫り深いし。何より目が赤い。

私は一瞬、あまりにも整った男の容姿に見とれてしまった。

テレビの中ですら、こんなに美しい男の人は見たことがない。

これで流暢な日本語を喋られると、面食らってどうしても違和感が拭えないのだった。

「あの、どなたですか？」

勇気を出して尋ねてみると、男は私を見下ろして破顔し、丁寧にお辞儀した。

「これはこれは、あるじ様。今日よりよろしくお願いいたします」

意味が分からない。突然現れた超絶美形にこんなことを言われるなんて。

ネット小説の読み過ぎだろうか。はたまたやっぱり夢なのか。確かめるために、私は自分の頬を力いっぱい抓《つね》ってみた。

——痛い。

心の底から夢であってほしいと願うのに、どうやらこれは現実であるらしい。

見回せば見たことのない植物が生い茂る森の中で、私は途方に暮れた。

「それで、結局あなたどちら様なんですか？」

とりあえず接触を試みる。

見るからに怪しい相手だが、他に尋ねる相手がいないのだから仕方ない。

「これはこれは、申し遅れました。わたくしは、オプスキュリテ・グリモワールと申します。以後お見知りおきを」

「はあ……」

これ以上ないほど丁寧に自己紹介される。だが、その名はまったく聞き覚えのないものだった。

一瞬なんと返事をしたものかと悩むが、すぐに今はそれどころではないことに気づく。重要なのは、彼が何者なのかということより、ここがどこなのかということだ。

「それで、ここはどこなんですか？　私は自分の家の近所を歩いていたはずなんですけど……」

恐る恐る尋ねると、オプスキュリテと名乗る男はにっこり笑って言った。

「はい。ここは地球とは異なる地。パラレルワールドと言えば分かりやすいでしょうか？」

「はあ……？」

またしても、理解の難しい言葉が返ってくる。

日本語は通じるようだが、話が全く嚙み合わず、私は不安になった。

「懐かしき我が故郷を、あるじ様と歩けるなんて夢のようです。ご安心くださいませ。あるじ様に迫る危険は、どんな些細なものであろうとこのオプスキュリテが退けてご覧に入れます」

そう言って、やけに親しげに肩など抱いてくる。

私はその手から逃れ、考えに耽《ふけ》った。

一体この男は何者で、ここはどこなのだろうか。

何より、どうすれば家に帰ることができるのか。

どうしたものかと男を見上げると、彼は私の不安など意に介さず、にこにこと楽しそうにこちらを見下ろしていた。

そうされているとまるで馬鹿にされているようで、だんだんいらいらしてきた。

そもそも、今日は休みだからいいが明日からは仕事がある。会社からしてみれば一介の事務員程度いくら休んでも大したことはないのかもしれないが、私の分の仕事を肩代わりしなければならない同僚たちには間違いなく迷惑がかかるだろう。

一人暮らしだが実家には両親も健在で、無断欠勤が続けばそちらにも迷惑がかかる。

そんな落ち着かない気持ちでいるというのに、この男ときたら――。

「あの、何がそんなに楽しいんですか？　こっちはすごく困ってるんです！　突然こんな意味の分からない場所に放り出されて……自分の家に帰りたい！」

言ってからすぐに、これでは八つ当たりだという自己嫌悪が襲ってきた。

確かに言動のおかしな相手だが、だからといってぞんざいな対応をしていいということにはならない。

謝ろうかと相手の様子をうかがうと、彼は全く気分を害した様子もなく、口元に笑みを貼り付けたままで言った。

「大変申し訳ございませんあるじ様。それは出来かねます」

「え？」

「ですから、お帰しになることは出来かねます、と。あるじ様にはこれより、私の持ち主としてこの世界に君臨していただかなければ」

「なっ、からかうのもいい加減にしてください！　大体、そのあるじ様ってなんなんですか？　からかうのもいい加減にして。私はあなたのあるじでもなんでもない！」

ついに堪忍袋の緒が切れた。

こんな意味の分からない状況で、意味の分からないことばかり一方的に言われていては頭にもくる。普段はそれほど声を荒らげたりするタイプではないのだが、この圧倒的な不条理の前には私の忍耐など風に揺れる紙切れも同じだった。

しかし、男はちらりとも動揺した様子を見せない。

「それはかさねてご無礼を。ではなんとお呼びすればよろしいでしょうか？」

男は明らかに日本人ではない外見なのに、とても流暢な日本語を喋る。

余裕のある態度を崩さない相手と向かい合っていると、まるでこちらが駄々をこねる子供のような気分になってくる。

おかしい。どう考えても私の方が真っ当なことを言っているはずなのに。

「一花です。奥村一花。それであなたは――」

改めて尋ねようとして、言葉を遮られた。

「そうですか、イチカ様。素敵なお名前ですね。それではお手をこちらに」

「何言って……っ」

そう言って、男は私の右の手のひらをすばやく握った。

十分に警戒していたつもりだったが、不思議と男の手の動きを捉えることすらできなかった。

「主人の証《あかし》を頂戴《ちょうだい》しますよ。また先ほどのように襲われるようなことがあっては大変ですから」

「証って……そもそも私は、あなたの主人になったわけじゃ……」

「証さえ頂ければ、たとえどのような危険が迫ろうと詠唱なしでお助けすることが可能なのです。もちろん、その都度イチカ様に唱えていただいても一向にかまいませんけどね」

ということは、また何かあるたびにさっきの『エンチャント』とやらを唱えなければならないということだろうか。

それはできれば遠慮したい。なぜなら恥ずかしいからだ。

「ねえ、証って一体何なの？」

とにかく話だけでも聞いてみようと思いそう尋ねると、彼はにこりと笑ってすばやく右手を振り上げ、それを左手で握った私の手のひらに振り下ろした。

「え？」

あまりの早業に、何が起こったのか分からなかった。

ただ次の瞬間、私の手のひらからはピュッと赤い血が噴き出していた。

「っあ」

驚きで言葉をなくす。

後になって、じんじんと血を失う感覚がやってきた。

恐怖で息が荒くなる。

「ああまたやり過ぎてしまった。早くカンを取り戻さなければ」

なんでもないことのように言う男に狂気を感じ、私は彼から距離をとろうとした。

それはそうだろう。自分を傷つけた相手の側《そば》に、好んで留まりたい人間などいるだろうか。

しかし、掴まれた手はどんなに力をこめてもびくともしない。

男はそのまま、流れるような動作で膝を折った。

燕尾服を身に着けているというのに、構わず土に片膝をつく。

そして血の滴る私の手のひらに、そっと顔を寄せた。

「離して！」

今度は何をされるのかと、私は怖くてたまらなかった。

「しばしお待ちを。すぐに済みますので」

そう言って、男は私の手のひらに口付けた。

正しくは、そこから流れる赤い血に。

私はかたかたと震えながら、その光景をじっと見ていた。

次に顔を上げた時、男の口と頬はべったりと赤く染まっていた。

にこりと、男は幸せそうに笑った。

「これで契約は完了です。改めてよろしくお願いいたします。イチカ様」

気味が悪い！　気味が悪い！　気味が悪い！

喉の奥で悲鳴を押し殺しながら、私はどうにか言った。

「気が済んだなら、離して……」

「畏《かしこ》まりました。少し深く切りすぎてしまったようですので、洗って手当てをいたしましょう。すぐに近くの村を探してきますので――」

パシン！

男の言葉が途切れる。

当然だ。

私がそのお綺麗《きれい》な顔を、思い切りぶってやったのだから。

夢中だったので、傷ついた方の手で叩いてしまった。手のひらがいっそう痺れ、男の顔は更に真っ赤になった。

彼は驚いたように目を丸くしている。

先ほどまでの余裕の顔が崩れて、いい気味だ。

「わたしは、せつめいを、のぞんでいるの」

一言ずつ区切り、男に私の意志を知らしめる。

「手当ては後回しでいいから、ちゃんと説明して。ここはどこで、あなたは誰で、一体どうすれば家に帰れるのか。分かった？」

「イチカ様……」

彼はなぜか恍惚とした表情で私を見上げていた。もしかしてMなのだろうか。

「分かったら返事！」

「はい！」

「話しづらいから立って！　それと、今度から何かする時は必ず事前に許可を取って。いい？　何をする時でもよ！」

多分私は、突然すぎる事態に混乱していた。

だから、そんな強気な態度でいられたのだと思う。
むしろそうしていなければ、今にも膝から崩れ落ちてしまいそうだった。
だから決して、普段の私は特別気が強いとか、そんなことは全然ないのだ。
けれど、男はそうは思わなかったらしい。
「畏まりました。イチカ様」
彼は、とても綺麗な笑みを浮かべて丁寧に礼をして見せた。

第二章　森のドワーフ

見知らぬ森の中を、ずんずんと歩く。

それが危険な行為だと頭の片隅では気づいていたが、私は足を止めなかった。

後ろからついてくる、不愉快な男。その男を引き離すのに夢中になっていたからだ。

結局、彼はのらりくらりと私の質問から逃れるばかりで、私が知りたがっている情報を何一つ渡してはくれなかった。

ここはどこで、男は何者で、一体どうすれば家に帰れるのかということのうちの何一つ。

パラレルワールドだなんて説明、受け入れられるもんか。まだ夢だと言われた方が納得がいく。

私はちらりと後ろからついてくる男を見た。

彼はにこにこと愛想よくしながら、重いだろうと引き取った古書の入ったエコバッグを提げている。燕尾服にエコバッグという組み合わせが、ひどく奇妙に感じられた。

ちなみに、ショルダーバッグも持つと言われたのだがこちらは死守した。安い本ばかりのあちらの袋と違って、こっちには私のなけなしの財産――財布や携帯、身分証がまとめられているのだ。

じろじろ見ていたらにっこり微笑《ほほえ》まれたので、私は慌てて目を逸らした。

そして今度は、ハンカチの巻かれた自分の手のひらに目を落とす。

すっかり血は止まっていたが、先ほどの傷跡はまだ生々しくその存在を主張してくる。

ハンカチで何とか応急処置をしたものの、その臭いに引かれて肉食の野生動物たちが集まってきたらどうしよう。

「イチカ様？」

私は彼の呼びかけを無視した。

「イチカ様、あのですね」

完全に無視した。どころかもう構わないでくれと言うように、歩くスピードを速める。これではもう早足だ。

「イチカ様、ああ」

べったん。

もの凄い音と一緒にコケた。

後ろを気にするあまり前方不注意になっていたのだ。

恥ずかしさと屈辱で、私はもうずっとその場に伏せていたくなった。

「大丈夫ですか？」

そんな駄々をこねる子供のような私を、自らを魔導書だと名乗る美男子が抱き上げる。

なんで私の身勝手でこうなったみたいな流れなんだろう。

どう考えてもいきなり人の手のひらを切りつけてくる男の方が、危険で非常識だと思うのだけれど。

「いっ、たたた……」

「どこかお怪我でも?」

顔についた土を払いつつ、口を開ける。

「いや今の声、私じゃな……」

というわけで、声のした方を見てみる。

すると私が足をひっかけた位置に、ちょうど小さい人影が倒れ込んでいた。どうやら私の前方不注意のせいで、偶然通りかかった人物とぶつかってしまったらしい。

「ご、ごめんなさ……」

謝罪しようとした口が、思わず開いたままになってしまった。

なにせそこに倒れていたのは、おとぎ話でしか見たことのないような生き物だった。

身長は恐らく私の腰ほどまでで、ずんぐりとした体型に、顔には豊かな髭《ひげ》を蓄えている。ぎょろりとしたどんぐり眼《まなこ》で、立派な鷲鼻《わしばな》。耳の先は緩やかに尖っていた。

「え、ドワーフ?」

そう、目の前の人物はそうとしか言いようのない外見をしていた。

その服装もまるでRPGゲームのように、ぴったりしたインナーの上に貫頭衣を着て太い革のベルトで締めただけの中世ヨーロッパ風だ。

「まったく散々な目にあった。なんでこんなところに人間なんぞ……」

そうぼやきつつ、ドワーフは立ち上がり服についた埃《ほこり》を払っていた。

私は飛びつくように、膝立ちのままで彼ににじり寄って観察する。

小さな体、毛むくじゃらの髭、どこからどう見ても童話に出てくるドワーフそのものだ。

興奮で息が荒くなった。

なんせ本好き。こういうファンタジーめいた存在は大歓迎である。

我を忘れた私にぎょっとした様子で、ドワーフは及び腰になる。

「私にはツレない態度ばかりですのに、なんでこんなドワーフなどを……」

ストーカー男が何か言っていたが、そんなぼやきなんてろくに耳に入ってこなかった。

「あの、おじさん！」

思い切って話しかけると、ドワーフは後ろに一歩下がった。

どうやら私の声の大きさに驚いたらしい。

焦りつつ、少しだけ声のボリュームを下げる。

「あの、この辺りにお住まいの方ですか？　実は森で迷ってしまって……。よければ街までの道を教えていただけませんか？　お願いします！」

膝立ちのまま、私は必死で頭を下げた。

「イチカ様！」

後ろで男が何か叫んだような気もしたが、無視だ。

人のことを様付けして仕えるだの何だの言う割に、ちっとも思い通りにならない男にはもう頼りたくないというのが本音だった。

だから私としては、このドワーフに話を聞いて、情報を集めたいと考えていた。

彼はさっき、「なんでこんなところに人間なんぞ」という言葉を口にした。

つまりこの森の、少なくとも彼の見たことがある範囲内に人間がいるのだ。

困惑と失望ばかりだった私の心に、ほんの少しの光が差した。

ドワーフは戸惑ったように、私の顔と私の背後にいる男の顔を交互に見つめている。

そして大きなため息をつくと、大きくてごつごつした手のひらを私に差し出した。

「とりあえずは立て。話ぐらいは聞いてやるから」

立ち上がった私は、とりあえず歩きながら話をしようというドワーフの言葉に従い、彼と並んで歩きながら今までの経緯を語った。

トンネルをくぐったら、全く見知らぬ世界に来てしまっていたこと。

人の言葉を喋る犬の群れに襲われかけて、そしたら持っていた本が突然喋り出したこと。

それからものすごい音がして、犬が消えたどころか森の地面までもが抉れてしまっていたこと。

「地面が抉れただぁ?」

私の話に驚いたのか、ドワーフが足を止めた。

そして少し考えるように腕を組むと、恐る恐る不服そうに後ろをついてくる男をじっと見つめる。

ちなみに、私が自分以外に頼ったという事実が気に食わないのか、男はさっきから頑なにドワーフとは口を利こうとしない。

「そりゃあもしかすると……」

てくてく歩きを再開しつつ、あご髭を撫でてドワーフは呟いた。

もしかすると何なのだろう。

その続きが気になったが、それを尋ねるより先に目的地に到着してしまった。

「ああ、着いた着いたここだ」

そこにあったのは、半地下になっている小さな建物だった。

屋根は茅葺《かやぶ》きになっており、壁には丸窓に十字の格子が嵌《はま》っている。小さな石を積み上げて造ったのか、その所々に苔がむしていた。

「あんたらには狭いだろうが、まあ入ってくれ。それと後ろのあんた。そのままじゃ狭いから、本に戻ってくれよ」

意味不明な指示と共に招き入れられたのは、ドワーフの体の大きさに合わせて作られた小さな扉だった。

腰を折り曲げてそこから入る途中、後ろでポンッという軽い音がした。まるでポップコーンが弾けたみたいな音だ。

何事かと思って後ろを振り向くと、そこには古書店で手に入れた本が落ちていた。

そして例のストーカー男の姿がない。

どこに行ってしまったのだろうかと、私は玄関の外を見回した。

「ほら。ここに腰かけてくれ。今お茶を淹れてくる」

そう言って、ドワーフは建物の奥に入っていってしまった。

私は男を探すのを諦め、本を拾って大人しく小さな椅子に腰かける。

本についた埃を払い、他の本と一緒にエコバッグの中に戻した。

ちょっと古本屋に出かけただけなのに、どうしてこうなったのだろうと改めて重いため息が出た。

そのため息を遮るように、仕舞ったはずの本が勢いよく飛び出してくる。

『イチカ様。何かあった時に咄嗟に反応できませんゆえ、私のことは手元に置いておいてくださいませ』

また本が喋った。それも、さっきの恐ろしく、そして美しい男の声だった。まるで他の本と一緒にされるのは我慢ならないというような口ぶりだ。

「え？　姿が見えないと思ったら、あんたが本に化けてたの？」

思わずそう言うと、本が不服そうに答えた。

『化けたのではありません。もとよりこれが私の本体なのです』

私は古びた本をまじまじと見つめた。

それがさっきまでの――例の喋る犬に出会う前の私だったら、本が人の形になっていたなんて絶対に信じないだろう。

しかし、私はすでに目にしてしまっている。信じられない出来事の数々を。

だから人が本に化けたり、またはその逆だと言われたりしても、簡単に信じてしまえるのだった。

ごくりと喉を鳴らして、慎重に革の張られた表紙を撫でる。

そこに書かれた文字。

購入した時は全く読めなかったはずのその文字が、今はなぜか読めるようになっていた。

〝オプスキュリテ《闇の》・グリモワール《魔導書》〟

古びた臙脂色《えんじいろ》の革の装丁には、確かに見たこともない文字でそう刻印されていた。見たこともないはずなのに、なぜか読むことのできる自分が不気味だった。

本を開こうかどうか悩んでいると。

「ほらよ」

そう言って、ドワーフが小さな素焼きのコップをテーブルの上に置いた。

私は歩きすぎて喉が渇いていたので、お礼もそこそこにそのお茶に口をつけた。

「よっぽど喉が渇いてたんだなぁ」

すぐに飲み干してしまいそうな勢いに、感心しているのか呆《あき》れているのか、ドワーフは椅子に座り頬杖をつく。

空になったコップをテーブルに置き、私は座ったままで深々とお辞儀した。

「ありがとうございます。このご恩は一生忘れません」

森に迷い込んで以来困ったことだらけだったせいか、本当に心の底からそう思った。

「よせやい。ったく、あんた変わった人間だなぁ」

ドワーフは照れたようにぽりぽりと頬を掻いた。

口調は荒いが、意外に心優しいドワーフさんであるらしい。それにしても、お礼を言っただけで変わった人間扱いとは一体どういうことなのか。

「俺の名前はガンボ。ここいらの山で鉱石を掘って生活しちょる」

「私は……イチカと言います。ここことは全く別の場所にいたんですが、気づいたらこの森に迷い込んでいて……」

「迷い込んだと言っても、あんた魔導書持ちだろ？　それだけ魔力があれば、どうとでもできそうなもんだがなぁ」

「あの、その魔導書持ちとかって何なんでしょうか？　この本も普通に買っただけで、さっきまで全然読めなかったんです。なのに気づいたら読めるようになっていて……」

例の喋る犬も本の姿になったストーカー男も、そしてガンボすらも魔導書とやらについて私が知っている前提で話を進めるので、さっきから混乱してばかりだ。

その時不意に、突然見知らぬ世界に迷い込むなんてお話の中だけで十分だと思った。不思議な力も何もいらないから、今は早く自分の家に帰りたいと強く願う。

「魔導書を、買ったって？」

ドワーフは驚いた顔をすると、何かを考え込むように背中を丸めて腕組みをした。

この本を買ったことがそんなにおかしいことなのか。

こわごわ彼の言葉の続きを待っていると——。

「その服装……あんたまさか、迷い子だか？」

「迷い子？」

彼の口から飛び出したのは、またしても私の知らない単語だった。

「ああ。まれにだが、あんたみたいに奇妙な服を着て、この世界の常識も何もかんも知らんもんが現れるんだそうだ。てっきりおとぎ話だとばかり思っちょったが」

がたっと、思わず前のめりになった。

「私のような人が、他にもいるってことですか⁉」

その声に驚いたのか、ガンボが体を仰け反らせている。

はやる気持ちを抑え、椅子に腰を落ち着ける。今か今かと、私は彼の話の続きを待った。

「あ～、いると言えばいるが、あんたはその条件に当てはまらないんだよなあ」

彼自身も困惑したように、ガンボはぽりぽりと頭を掻いた。

「当てはまらない？　どういうことですか？」

「迷い子ってのは普通、訳も分からん言葉を喋るそうだ。文字も読めねぇし、魔力もない。でもあんたは違うだろ？　だから、俺もすぐには分からんかった」

確かに、私は現在進行形でガンボと言葉を交わしている。

特に気にしないでいたが、明らかに日本人ではない彼と日本語で会話しているというのもおかしな話だ。

『言語野は私が補っておりますので、どうぞご心配なく』

するとずっと黙り込んでいた本が、ようやく口を開いた。実際に口などどこにもないのだけれど。

「何それ？　どういうこと？」

『イチカ様の言葉は、私を介して外部に伝わっております。もちろんその逆も』

心なしか、本が誇らしげに言った気がした。

本が胸を張れるはずもないのに、どうしてそう感じたのだろう。

しかしそれを聞いても、私は素直に感謝する気にはなれなかった。

確かに言葉が通じなかったら困っただろうが、そもそもこの本と出会わなければこの世界に迷い込むこともなかった気がするからだ。

「へえ大したもんだ。この魔導書は本に戻っても喋れるだか」

ガンボが感心したように言う。

どうやら私もこの本も、この世界では規格外の存在であるらしい。

それにしても、さっきからやけに話に出てくる『魔導書』というのは、一体何なのだろうか。

話の流れからして、どうもただの本ではないらしい——ということだけは分かるのだが。というか、喋る本が普通であるはずがない。

「あの、その魔導書って、一体何なんでしょうか？」

「へ、あんた〝魔導書持ち〟なのに、そんなことも知らねえのか⁉」

ガンボが素《す》っ頓狂《とんきょう》な声を上げる。

ん？　今『魔導書持ち』という言葉が、別の音で聞こえた気がする。さっきまでは、普通に『魔導書持ち』という日本語で認識していたのに。

これも、この本が私の言葉を翻訳しているという証拠なのだろうか？　単語の理解が他人の知識を介して行われるというのは、なんとも不思議な感じだ。

それはそうと、ガンボの驚いたような顔に「だから私は何も知らないんだって」と思わずそんな投げやりな突っ込みを入れたくなった。

もちろん、そんな場面でないことは分かっているので、神妙に頷いておく。

この燕尾服男もとい本と違って、まともに会話が成立するガンボは貴重な情報源だ。一言たりともその言葉を聞き逃すことはできないと思った。

「はあ〜、こりゃ驚いた」

そう言いながら、ガンボは再び髭を撫でている。

どうやら、それが考え事をしている時の彼の癖らしい。

「いいか？　〝魔導書持ち〟ってのは、あんたみたいな魔導書と契約を交わしている人間のことを言うんだ。契約を交わすことで、とんでもねぇ力が使えるようになる。俺も詳しくはねぇんだが、写本の筆者や古さによって使える魔法にも違いがあるらしい。人型に化ける魔導書も噂には聞いたことはあるが、見たのは初めてだ」

「珍しいんですか？」

思わず尋ねると、ガンボは深く頷いた。

「そもそも魔導書ってのは、人間のために生み出されたもんだからなあ。ここは辺境だし、他のドワーフもそんなもんだと思うぞ」

「人間のため……」

「ああ。なんせ魔導書は、神と人との契約によって生み出されたものだからな」

「神と人との契約、ですか？」

話が急に宗教じみてくる。

しかしこの世界の神様は、私が知っているものよりもずっと実践的だった。

「そうだ。もう誰も生きちょらんほど昔のことだが、その頃の人間は、力も弱く他の種族の奴隷だった」

奴隷という言葉に、私はごくりと息を呑んだ。

「それを憐れんだ神さんが、人に分け与えた英知。それが七冊の〝始まりの魔導書〟だ。それによって、人は他の種族に対抗する力を得た。人はその七冊から更にたくさんの写本を作り、逆に他の種族を凌駕《りょうが》してしまうほどの強い力を得た。さっきも言ったが写本はその出来如何《いかん》によって、その能力の質が変わると聞く。お嬢ちゃんの持っちょる魔導書は、よっぽど出来がいいんだろうなあ」

そう言って、ガンボが私の膝の本に手を伸ばす。

しかし本はそれを嫌がるように、ぐいぐいと私のお腹《なか》に寄ってきた。

「うっ……」

思わず呻《うめ》いた。それほどの衝撃ではないが、突然お腹を押されたら誰だってこうなる。

「驚いた。この姿でも動くんか。この本」

『わたくしを他のつまらない写本と一緒にしないでいただきたい』

不愉快そうに本が言う。

『わたくしは始まりの魔導書七冊が内の一冊。神の図書館より抜き出されし、原始のオプスキュリテですよ』

室内の空気が凍った。

いや、正しくは凍ったのは目の前のガンボだけで、私は言葉の意味も分からず首をかしげていたのだが。

ただ、何かまずいような雰囲気だけはひしひしと伝わってきた。とんでもなくまずいことが、現在進行形で起こっている。そんな気がした。

だって目の前のガンボはもう髭を撫でることすら忘れて、今度は魚のように口をパクパクさせている。

ああもう何もかも忘れて、この場で気を失いたくなった。

「が、ははは。よく口のまわる魔導書……だよな?」

ようやく言葉が紡げるようになったガンボは、引きつった笑みを浮かべつつ私に問いかけてくる。

どうやら彼は今のを冗談として受け取ったらしい。

事情が分からないこちらとしては、同じく強張《こわば》った愛想笑いを浮かべてお茶を濁すしかなかったのだが。

「と、とにかくそんなわけで、人間はどんどんその勢力を広げて、今や魔王率《ひき》いる魔族と大陸を二分するに至った。この森は人の国と魔族の暮らす魔境《まきょう》の境目。主に亜人《あじん》の暮らす中立地帯だ」

「ま、魔族? それに亜人ですか?」

どうやら、思った以上にこの世界はファンタジー要素が強めらしい。

「おう。俺みたいなドワーフや、半獣人なんかもこれだな。嬢ちゃんが遭遇したっていう喋る犬もそうだろう。この森の真ん中には『大地の裂け目』と呼ばれる大峡谷があってな、その底に創世記に出てくるとんでもなく巨大な大蛇が眠ってるっちゅう伝説があるんだ。だから人も魔族も、おいそれと攻め込んではこない。だからどちらにも属さない俺たち亜人は、この森で細々と暮らしてるってわけだ」

ガンボはあっけらかんと言うが、私はその話の最後の部分が気にかかった。

もし彼の話が本当だとするなら、彼ら亜人にとって人間とはそれほど友好的な相手ではないはずだからだ。だって、もし親しい付き合いがあるのなら森で暮らさずとも、彼らだって街で暮らせるはずである。

それに、ガンボはさっき魔導書を手に入れた人間が〝他の種族を凌駕してしまうほどの強い力を得た〟と言った。

それはつまり、奴隷だった人間が反旗を翻《ひるがえ》し、大陸を二分しているという魔族以外の種族を淘汰してしまったということではないのか。

「なら……」

「ん？」

「そんな状態なら何で、私を家まで案内してくれたんですか？　亜人の人たちは人間が憎いんじゃないんですか？」

要はその峡谷を含めたこの森が、人と魔族の緩衝地帯になっているということだ。そしていつ争いに巻き込まれるとも分からない緩衝地帯になんて、誰だって住みたくないはず。もしここが亜人の住処《すみか》だと言うのなら、彼らはこの地に追いやられたというのが正確だろう。

先ほどの犬たちの姿が蘇る。

もし彼らが追いやられた半獣人だとするなら、人間である私を襲ってきた理由も理解できる。

「あー……」

ガンボは言いにくそうに頭を掻いた。

「まあ今の説明じゃ、そう思うのは当然だわな。確かに亜人の多くは、人間を嫌《きら》っちゅう。本来自分たちが棲《す》んでいた土地を、人間に奪われたと思っとるんだわな」

はっきり嫌われているのを事実として突き付けられると、みぞおちが鈍《にぶ》く痛んだ。

その正体は恐怖と、言葉にできない何かだった。

自分の身に覚えのない恨みで、つい先ほど牙を剝かれたと思うと背筋が凍る思いがする。

そして同時に、自分と同じ種族の人間がガンボたち亜人を苦しめているのだと思うと、胸が痛んで仕方なかった。

私が黙り込んでいると、それをどう解釈したのかガンボが手をばたばたと振って否定する。

「でもな。そんなに気落ちすんな。亜人の皆が皆、人間を嫌っとると違う。俺たちドワーフなんかは、人との交易で暮らしちゅうからな。むしろ、人間嫌いは少ない方だ」

「交易？」

「おうよ！」

そう言って、ガンボは部屋の奥に意気揚々と駆けていった。

奥には扉ではなくカーテンが下げられていて、そこから先は見えないようになっている。

外から見た感じだと、それほど広い空間が続いているとも思えないが。

そして戻ってきたガンボの手には、青く光る巨大な宝石が握られていた。

「ほらこれだ！」

「うわあ、綺麗！」

「だろう？　これはアルカマイトっちゅう鉱石でな、魔力をため込む性質があるんだ。これを削った顔料でしか、魔導書は写本できないって寸法よ」

「へえ……」

削ってしまうのか。綺麗なのにもったいない。

私の反応に気を良くしたのか、ガンボは胸を張って言った。

「このアルカマイトは、俺たちドワーフにしか掘れん。俺たちはこれを売った金で、食べ物や何やら買うんだ。この辺の土地は不思議と、作物が育たんからなあ」

「え、だってこんなに豊かな森なのに？」

聞き返すと、ガンボは途端に眉を寄せた。

「そうなんだが、『大地の裂け目』に近い森の植物は、食うと中毒を起こす。何でも大蛇のたたりだとか何だとか言われてるが、本当のところは謎だ。イチカも絶対食べんなよ」

「は、はい」

ガンボに出会わなければ、おそらく私は食料を探して森の植物に手を付けていたはずだ。うすら寒いものを感じながら、こくこくと頷いた。

それにしても、なんだろう。やっぱりまだ何かが腑に落ちない。

ガンボが嘘をついているとは思えないが、やはり何かが不自然な気がするのだ。

『アルカマイトですか。懐かしい……』

するとその時、ずっと黙って話を聞いていた本が、再び話し始めた。

『かつて私のポーター《持ち主》だった男性は、それの蒐集家《しゅうしゅうか》でしてね。それ一塊《ひとかたまり》のために、大変な散財をしたと嘆いていましたよ』

「ほうか。ぜひその塊ってぇのを見てみてぇなあ」

『もしイチカ様がそう望まれるのであれば、わたくしがこの何倍もの大きさのアルカマイトをいくらでも調達してまいりましょう』

「あんたはちょっと黙ってて」

本の言葉はガンボにも失礼だし、何より私はそんなこと望んでいない。

そしてその時、私はさっきまで感じていた違和感の正体に気が付いた。

ガンボは呑気に言っているが、そんなに重要な鉱物を掘っているにもかかわらず、彼の生活ぶりがあまりにも質素なことだ。

普通日本でこんな大きな宝石を持っていたら、加工をしなくても高値が付くはずだ。宝石としての価値はなく削ってしまうから安いのかとも思ったが、これでしか魔導書の写本が書けないというのならそれはむしろ付加価値だろう。

魔導書というものがまだどういうものなのかは分からないが、例の犬たちやガンボの反応を見るに、強い力を持ち、なおかつ貴重なものなのだろう。

「このアルカマイトって、そんなにたくさん採れるものなんですか？」

「いいや。こんなにでっかい塊はさすがに珍しい。朝から晩まで掘って、ようやく小さな塊がそのコップ一杯ってとこか」

「それで、そのコップ一杯でおいくらぐらいになるんですか？」

「おいくらって……さすが人間だわなあ。質にもよるが、このコップ一杯で十ガリルってとこか」

「十ガリルって？」

「うーんと、食堂でぱーっと食って飲んでするると終わっちまうぐらいだわ」

それはやっぱり――おかしいのではないだろうか？

私はガンボの手の上に載ったアルカマイトを、探るようにじっと見つめた。

先ほど本は、前の持ち主がアルカマイトのために大層な散財をしたと言っていた。

それがどれほど前のことかは分からないが、ガンボの暮らし向きを見るにその時代から採掘技術が大きく進歩しているとも思えない。

また、資源はいつか枯渇するものだ。産出量が減って価値が上がることこそあれど、何らかの事情——例えば代替えの素材が見つかり需要が減るなど——があったとしても、それほど大きな値崩れが起こるとは考えづらい。

ガンボが食堂でそれこそ散財と呼べるほどの飲み食いをする大食漢だというなら別だが、暮らし向きを見るに何となくそれも考えづらい。

そんなことを疑問に思いつつ、その日はガンボの家に泊めてもらって、私は翌日アルカマイトを街に納めに行くという彼に街を案内してもらえることになった。

人の街ならばもっといろいろな情報を得ることができそうだということで、私はその申し出をありがたく受けることにした。

もしかしたら、元の世界に戻る方法を知っている人がいるかもしれない。

そしてその日は、提供された藁《わら》のベッドで落ち着かない気持ちのまま眠りについたのだった。

翌朝、ガンボに案内されたのは、まるでゲームの中のような西洋風の街並みだった。

驚くなかれ、彼の住む小屋のカーテンの奥は、ドワーフ族が移動に使うという洞窟に繋がっていたのだ。

その洞窟には特殊な力が働いていて、実際にかかるよりも圧倒的に短い時間で目的地に着くことができるのだという。

人間には内緒な、と小声で呟かれたが、それならば私にも内緒にした方が良かったのではないかと思った。

手に包帯を巻いてくれたし、今朝も貴重な食料を分けてくれた。少し恐い外見にそぐわずお人よし過ぎるガンボのことが、私は心配になっていた。

「はぐれるなよ」

人込みでごった返す市場《いちば》を、私達は連れ立って歩く。

他の本はガンボの家に置いてきたので、私が持っているのはショルダーバッグとその中にどうにか押し込んだ例の喋る魔導書ぐらいだ。

『ご安心くださいイチカ様。はぐれても私がイチカ様をお好きな場所へお連れしますとも』

「ちょっと黙って」

本当は魔導書も置いていきたかったのだが、置いていくなと本人が言い張るので仕方なく諦めた。

確かに、本から一定の距離を取るとガンボと言葉が通じなくなるようなので、この世界で生きるためには必須だと分かってはいるのだ。

ただ、喋る言葉がいちいち癇《かん》に障《さわ》るというだけで。

ちなみにショルダーバッグは、スリを警戒してまるでウェストポーチのように体に巻き付けてある。少し動きづらいが、言葉が通じなくなる事態は避けたいので私としても必死なのだ。

『契約した以上、わたくしは片時もイチカ様のお側を離れません』

魔導書がこんなことを言うたびに、私は暗澹《あんたん》たる気持ちになった。

今のところどう考えても、この本が厄介ごとを引き寄せているような気がしてならない。

確かに犬の獣人からは助けてもらったが、その獣人たちがどうなってしまったのかを考えるとすっと背筋が冷えるのだった。

今後もこんな風にこいつに振り回されて生きていくのかと思えば、私の気持ちも沈もうというものだ。

――ドンッ

そんなことを考えて上の空になっていたのかもしれない。私の左半身を衝撃が襲った。

ショルダーバッグの金具が外れて、中から無理やり押し込んだ本が飛び出す。

そこに太い腕が伸びてきて、私より先に本を持ち上げてしまった。

そこにいたのは分かりやすく悪役じみた二人組だった。口元に人の悪そうな笑みを貼り付けて、一人は私がぶつかった肩を重傷だとでも言わんばかりに押さえている。

「おー痛ってぇ！　何ぶつかってくれちゃってるんですかね。お嬢ちゃん？」

「ご、ごめんなさい」

責められて、私は反射的に謝った。むしろぶつかられて被害が大きいのはこちらの方のような気もしたが、それを相手に言い返す勇気はない。

そんな私の弱気な態度に気を良くしたのか、本を拾ったもう片方がぽんぽんとその表紙を叩いた。

そういえば、どのくらい距離が離れたら私の言葉は通じなくなるのだろう。目の前の破落戸《ごろつき》が本を持ち逃げしたりしませんようにと、心の中で祈る。

「なんだよ。生意気なポーターかと思ったら違うようだな？　じゃあ慰謝料として、この魔導書をよこすってのはどうだ？」

そう言って、彼らはにやにやと笑う。

彼らの反応を見るに、やはり魔導書は価値があるものらしい。

一瞬どうせ三百二十四円（税込）なのだから事を構えるより渡してしまった方が、という弱気な考えが浮かんできたが、言葉が通じなくなるのは困るのでその選択肢はなしだと首を振った。

「ちょっとそれはあんまりだろう？　兄さんがた、許してやっちゃくれんか？」

「なんだ、ドワーフか」

仲裁に入ったガンボを、男の片方がいきなり突き飛ばした。

「うお！」

ガンボが地面に倒れる。私は慌てて彼に駆け寄った。

さっきまでの人込みが嘘のように、誰もかれもが関わり合いにならないようにと私たちから距離を取る。

なんでこんな目にばかり遭うのだろうか。

悲しみと苛立ちがない交ぜになって湧き起こった。

そりゃあ上の空でぶつかったこちらも悪いが、だからといってここまでされるようなことはしていないはずだ。

一瞬、森の中での出来事が私の脳裏を過《よぎ》った。

自らをオプスキュリテと呼ぶあの変態に頼めば、もしかしたらあの時と同じことが起こせるのかもしれない。

でも――……。

同時に、私はあの丸く抉れた地面を思い出した。

この二人をどうにかできたとしても、周囲の人間をそれに巻き込まずに済むとは限らない。それに、ちょっと難癖をつけてきたからといってそんな乱暴なことしていいはずがないのだ。

私は必死に、穏便にこの場を収める方法はないかと考えた。

だが、誰もが見て見ぬふりをするようなこの場面で、一発逆転の素晴らしい方策など浮かんでくるはずもない。

男たちはまだ私たちから何か搾り取れそうだと、嫌な笑いを浮かべてこちらを見下ろしていた。

逆光になった彼らの顔が、影の中で醜く歪んでいる。彼らは確かに人間のはずなのに、その顔は亜人よりも化け物じみた姿に見えた。

本能的な恐怖に、体が震えた。

日本で平凡に暮らしていたら、こんな危険な目に遭うことはまずない。

「え……エンチャント！」

ついに耐え切れず、私はオプスキュリテに唱えるように言われた言葉を口にした。

何が起こるか分からない恐怖はあったが、目の前の恐怖から逃れたい一心で唯一の可能性に賭けたのだ。

市場がしんと静まり返る。

そして一拍後に、男たちから笑い声が響いた。

「ははははっ、お嬢ちゃん何も知らねぇんだな！　魔導書はポーターが手にしてないと発動しないんだよ。ははぁ、さてはこの魔導書は盗品か何かか？」

「へへ、変な身なりだしドワーフと二人連れだもんなぁ。どっかの金持ちからくすねてきたのかもしれねぇ」

笑われた上に泥棒の容疑までかけられ、羞恥で顔が熱くなるのが分かった。

私の方を同情の眼差しで見ていた市場の人たちの表情も、犯罪者ならば仕方ないというような侮蔑のそれにとってかわる。

どうして異世界まで来て、こんな辱《はずかし》めを受けなければならないのか。

私は心の中でオプス（長いのでこう呼ぶことにする）を恨んだ。逆恨みだとは分かっていたが、怒っていなければ今にも心がくじけてしまいそうだったのだ。

「ははははは、まったくその通りですねぇ」

ふと、男たちのだみ声の中に聞き覚えのある声が交じる。

はっとして見上げれば、男たちの側《そば》に市場が似合わない燕尾服の男が立っていた。

「なっ、お前いつの間に⁉」

男たちも、オプスの存在に気づいていなかったらしい。男はオプスに掴みかかろうとするが、彼は優雅な動きでそれを避けた。

そしてゆっくりとした足取りでこちらに歩み寄ると、手を伸ばし私とガンボを地面から助け起こしたのだった。

「お前その女の仲間か⁉」

男たちはオプスに食って掛かる。

しかし彼は欠片《かけら》も気にしようとはせず、私に優美な笑みを見せた。

「イチカ様が自ら詠唱なさってくださるとは。このオプスキュリテ、感無量でございます」

「あ、うん。それはいいんだけど……」

普段なら彼の言動に突っ込みを入れるところだが、今はそれどころではなかった。

「おい、無視すんな！」

「男一人でヒーロー気取りかぁ？　俺たちに勝てるとでも思ってんのかよ」

そう言って男の片方がオプスの肩に手を置いた瞬間。

その手が——捻《ねじ》れた。

肩に置かれていたはずの手のひらが、ぐるりと回って宙を向いたのだ。ごきごきと嫌な音がして、腕がありえない方向に曲がっている。

「ぎゃぁぁぁぁ！」

一拍遅れて、男の絶叫が響いた。

私は思わず、側にいたガンボの腕にすがりつく。

「おや、いけないご主人さまですね。すがりつくなら私にしてくださればいいものを」

オプスは涼しげな様子で男の手を払うと、パニックを起こす二人組を無視して私に美しい笑みを見せた。

「わたくしの有用性がお分かりになられましたか？」

その笑みには、えも言われぬ迫力があった。背筋が冷たくなる。どうしてそれほどまでに冷たい笑みを浮かべることができるのか。

「何をしている！」

その時周囲に響き渡ったのは、朗々とよく響く声だった。

声の主は私でもガンボでも、そして男たちでもオプスでもない。

見れば人垣が割れ、一人の男が駆け込んでくるところだった。目の覚めるような金髪に、金の目を持つ彫りの深い美丈夫だ。

王子様のようなその容姿に、まるでゲームキャラクターみたいだと私は現状を忘れて明後日《あさって》な感想を抱いた。

「なんだぁ？　見かけねえ顔だな」

「痛ぇ！　痛ぇよう！」

男性に向かって、破落戸《ごろつき》の片方は訝《いぶか》しげな顔を向ける。もう一方はそれどころではない様子だった。

どうやら彼らの仲間ではないらしい。緊張しながら、私は事の成り行きを見守った。

そこに更にバタバタと足音がして、数人の男が輪の中に飛び込んでくる。

「ギリアム様！」

その内の一人が叫ぶ。

どうやらこの美丈夫の名前は、ギリアムと言うらしい。

〝様〟と呼ばれるぐらいだから身分が高いのだろう。確かに、他の人間より質のよさそうな服を着ていた。

ギリアムと呼ばれた男は、私たちをかばうように破落戸《ごろつき》との間に入ってくれる。飛び込んできた男たちもまた、訓練された兵士のように連中を取り囲んだ。

人数で不利になったと見るや、男たちはその場から逃げていく。動揺している一方の男を、もう一方が引っ張ってすぐ人込みの中に消えた。

痛みを訴える男が少し心配にはなったが、森で出会った犬たちのように姿を消したわけではないので、これでもオプスは手加減した方なのだろう。

一方で一連の流れを目にしていた人たちは、ざわざわと驚いたようにオプスを注視していた。

「まったく。どれだけ時が経《た》とうと人込みというのは不快ですね。嫌気がさす」

そう言うと、オプスは顔をしかめて本の姿に戻ってしまった。

「魔導書だ」

「まさか！」

「こんなところで魔導書の奇跡を――」

「男二人がたちまち伸《の》されたって⁉」

人々のざわめきが否応なしに耳に入ってくる。私は彼らの視線から隠すように、胸の中に本を抱き込んだ。

恐ろしい本であることは間違いないが、一方で私の味方であることもまた、確かなのだ。

そのまま呆然と立ちすくんでいると、大きな手が差し伸べられた。

剣ダコの浮いた手など初めて見た。

顔を上げるとそこには先ほどの美丈夫が、心配そうな顔で私を見下ろしていた。

「怪我はないか？」

「あ、ありがとうございました」

その手を取るのも妙だと思ったので、私は本を抱き込んだままお礼を言った。

彼は苦笑いで差し出した手を引っ込めると、まるで私を検分するようにじろじろとこちらを見ていた。

少し様子は妙だが、イケメンに助けられたのである。

普通物語の中なら恋が始まるシーンだが、実際我が身に起こってみると、とてもそんな気分にはなれなかった。

物語のヒロインたちは、どうして命の危機に遭いながらも恋などできるのだろうか。そういった小説は大好きなくせに、どうやら私には破滅的にヒロインとしての素質がないようだった。

今も、手を差し伸べてくれたイケメンが、眉間にしわを寄せこちらを見下ろしている。

言葉にせずとも、彼が私の行動や外見、あるいはその他のどこかの要素について怪訝に思っているのは明らかだった。

なんとなく気まずくなって、私は片手で服についた砂ぼこりを払った。

オプスの本は重いので、再びバッグの中に押し込もうとする。

『イチカ様！　仕舞われていては何かあってもすぐに対応できません』

オプスの声音は不服そうだ。

「今、その魔導書が喋らなかったか？」

男性の不穏な態度の原因はどうもオプスにあったらしい。

やはり、魔導書が当たり前の世界にあっても、本の姿のまま喋るオプスの存在は規格外なのか。

私はガンボから聞いた話を身をもって思い知るのと同時に、またしても厄介ごとの気配だと小さくため息をついた。

「大丈夫だっただか？」

ガンボが私の顔を覗きこみ、一緒に服の汚れを払ってくれる。

本当にこのドワーフはお人よしだ。そして、現状唯一信じられる相手であり、少なくとも無駄に顔がいいオプスやギリアムよりも、よっぽど一緒にいて安心できる相手だ。

私は彼に申し訳なくてたまらなくなった。

私が原因で破落戸《ごろつき》に絡まれたというのに、彼は嫌な顔一つしないで私を心配してくれている。ドワーフという種族は、みんなこうなのだろうか。

「迷惑かけて……ごめっ」

謝ろうとしたら、言葉に詰まった。

どうやら自分で思っていた以上に、さっきの出来事にショックを受けていたらしい。

ポロリと意図しない涙が落ちた。

よく知りもしない相手に、涙を見せるというのは存外居心地が悪い。二十歳を過ぎると、そうそう人前で泣くようなことがないせいかもしれない。

私は慌てて目元を拭い、鼻をずずっと啜った。

「ところで、君たちは一体ここで何をしていた？」

ギリアムと呼ばれた人物が、先ほどとは打って変わって威圧的な態度で問いかけてくる。彼の後ろにいる男たちも、ピリピリとどこか警戒している様子だった。

私がどう答えるべきか悩んでいると、ギリアムの後ろにいた男の一人が声をあげた。

「ここは人目に付きますので、とりあえず落ち着けるところへ」

なんとなくその流れで、私とガンボとオプスの二人と一冊は、見知らぬ男たちについていくことになってしまった。

案内されたのは、優雅だがどこか装飾過多な洋館である。

白い石柱には所狭しと彫刻が施され、美しいというよりはなぜか芋洗いという言葉を思い起こさせた。

場所も、大通りから細い通りに入ってしばらく歩いた所だ。一人でガンボの家まで戻れと言われたら、おそらく迷ってしまうだろう。

私は決してガンボから離れないよう注意しつつ、まるで逃がさないぞとでも言うように私たちの周りを取り囲む男たちに絶えず目を配っていた。

最初の印象通り、彼らはよく訓練された兵隊のように無駄口一つ叩かない。なのでむしろ、彼らが軍隊のような揃いの制服を着ていないことの方が妙に思えるくらいだった。

こちらの世界の常識は分からないが、彼らの屈強な体格や隙のない身のこなしからして、明らかに戦闘に特化した訓練を受けた人々のように思われた。

もっと謎なのは、ギリアムだ。

顔は王子様然としているが、剣だこの浮かんだ手のひらといいその身のこなしといい、彼自身もただ者ではないのだろう。

何より、さっきの破落戸《ごろつき》に対して見せた、物怖じしない態度。

連れを振り切って騒動の真ん中に飛び込んできたところを見ると、一人でも十分に対応できるという自信があるのだろう。

他の男たちはギリアムの意志を尊重して付き従っている風情だし、おそらく彼はこのグループを統率する立場であることが分かる。

そんなことを考えている間に、周囲はどんどんいかがわしい雰囲気へと変わっていった。

建物に入ると、中ではドレスを着崩して肌を露出させた女たちが闊歩《かっぽ》しており、どう贔屓目《ひいきめ》に見てもまっとうな施設には見えない。

『ねえガンボ。なんかこの辺りって、あんまりよくない地域なんじゃないの？』

自分より頭の低いドワーフの耳に囁きかけると、彼も怖い顔で私を見上げた。

『この辺は、この街でも一番治安の悪いところだ。イチカは絶対に俺から離れんじゃねーぞ』

彼も警戒しているのか、そのどんぐり眼から発せられる眼光を、忙《せわ》しく左右に放っている。

『どうしよう……隙を見て逃げた方がいい？　せっかく助けてもらってもこれじゃあ』

『いや。下手に逃げねえ方がいい。あいつらどう考えてもまともじゃねえ。格好は裕福な商人の子息って感じだが、放蕩息子《ほうとうむすこ》があんな身のこなしするかよ。ありゃ雇われの傭兵か悪くすりゃお忍びの騎士かもしんねぇ。ご機嫌を損ねて切りつけられても困る』

やはりガンボもまた、彼らはただ者ではないと当たりをつけていたようだ。

それにしても、平和な日本に暮らしていたら突然切りつけられるなんてことはまずない。それを心配することも。

改めて、ここは自分の常識が全く通用しない場所なのだと思い知らされた。

私は黙り込み、誘導されるまま毛足の長い絨毯《じゅうたん》の上を縮こまって歩く。

周囲からは女たちの鋭い視線が突き刺さった。まるでこちらを値踏みするような、無関心を装った、しかし冷たいまなざし。

「あーら、いらっしゃい。随分お早い時間にお着きね」

女たちを代表するように出てきたのは、ふくよかな体に豪奢《ごうしゃ》なドレスを纏《まと》った女性だった。入念な化粧とキラキラと輝く宝石類を施したその姿は、紙一重のところで下品にならずに済んでいる。

ギリアムが足を止めると、周囲を取り囲む男たちもピタリと動きを止めた。

「彼女にドレスを用意してやってくれ」

彼女――と言われ、ギリアムが示した場所には私しかいなかった。

慌てて左右を探すが、どう考えても私である。

ドレス、この展開でなぜドレス。

訳が分からなくて呆然とした。話をするために連れてこられたはずなのに、どうして姿を改めねばならないのか。

「おい！　イチカを娼婦にするつもりはねーぞ！」

ガンボが叫んだ。

その台詞《セリフ》は、ずばり私の不安を一言で言い表していた。

やっぱりこの美しいがどこかおかしな洋館は、女たちが春をひさぐ場所。つまりは娼館なのだ。

なればこそ、この治安が悪いという場所に女がたくさんいて、なおかつ彼女たちがどこか退廃的な空気を纏っているのも、納得がいく。

私は、案内されるままに娼館に足を踏み入れた己《おのれ》を呪った。

「あーら随分貧相な娘ね。ギリアム様のお相手なら他にいくらでもいますのに」

そう言った女を、ギリアムが鋭い目つきで黙らせた。

彼は私に向かって振り向くと、まるで手負いの猫を安心させるように困ったような笑みを浮かべた。

「大丈夫だ。決して悪いようにはしない」

イケメンが宥めようと何だろうと、私の警戒心はピークに達していた。

女はパメラと名乗った。

彼女がこの閉じられた家、つまりは娼館の持ち主だというのだから驚きだ。

連れられるまま奥に入ると、そこには何人もの女たちが表にいるよりも薄着――ほぼ下着のような――でキャラキャラと笑ったり、或いは苛立たしげに嗅ぎタバコを吸ったりしていた。いや、タバコのように見えるがパイプで吸っているので、もしかしたら違う何かかもしれない。

私はビクビクしながらも、それが態度に出ないよう必死に堪《こら》えた。

ここからは男子禁制だとガンボとは引き離されてしまい、オプスも返事をしない。そのため自分の身は自分で守るしかないと、気を張っていたのだ。

「パメラ、その娘《こ》新人？」

気《け》だるげに、一人の女が問いかけてくる。

ブルネットの、どこかエキゾチックな顔立ちの女だ。

彼女は頼りないモスリンの夜着を引っかけ、恥ずかしげもなく片方の乳房を露出させていた。

他人の乳房を見たことがないとは言わないが、こんなにも堂々とされると私の方が恥ずかしくなってしまう。しかしこの館ではこれが日常なのか、他に誰も気にしている様子はないのだった。

「違うよ！　ギリアム様からの預かりもんだ。あんたら手ぇ出すんじゃないよ」

パメラがぴしゃりと言う。

だが女たちは何でもないことのように、相変わらず気だるげにしていた。だがその中の数人が、目に見えて気色《けしき》ばむ。

「ギリアム様の⁉」

駆け寄ってきたのは、巻毛をツインテールにした淡いブロンドの娘だった。

体つきは幼く、その体をフリルのついた白いシュミーズで覆っている。

「ねえ、あなたどこから来たの？　ギリアム様とはどういう関係？　あの方《かた》、あっちの方も逞しいのかしら？　私たちの誘いにも全然乗ってくださらないのよ。まさか不能なのかしら」

ロリっこの口から零れる卑猥な質問に、思わず眩暈《めまい》がした。

それと同時に、私は一体ここで何をしているんだろうかと途方に暮れた。

何が悲しくて、今日会ったばかりの人の下《しも》の事情なんて知るはずもないことを、こんな風に詮索されなければならないのか。

「ほれ、ギリアム様を待たせてるんだ。さっさと行くよ」

少女の言葉に答えられないまま、私はパメラによって奥の部屋に引っ張り込まれてしまった。

折り畳みの鎧戸の奥にあったのは、広いウォークインクローゼットだ。

一人暮らしの私の部屋と同じぐらいの広さの空間に、数えきれないほどのドレスが吊るされていた。

布地の多い物、少ない物。色味の多い派手な物、シンプルでシックなデザインの物。様々だ。

宝石が縫い付けられているのか、目がちかちかするようなドレスもある。しかし本物の宝石を扱うにしては扱いがやけに乱暴だから、きっとイミテーションか何かなのだろう。そう言われてみれば、全体的にどことなく安っぽい感じがする。

なぜか、私は子供の頃に読んだ『ロバの皮』という童話を思い出した。

実の父から求婚された王女が、それを断るために実現不可能なドレスを要求するというどこかかぐや姫めいた話だ。

物語の中に出てきたのは、月、星、そして太陽の色をした三着のドレス。

このクローゼットの中を探せば、どこかにその三着とも埋もれてるんじゃないかとすら思える。

呆然とする私を置き去りに、パメラはドレスの品定めを始める。

「ギリアム様はどんなのがお好みかねえ。派手なのはあまり好まれないし、色合いは地味な方がいいかしら？　でもドレスまで地味にしたら上から下まで地味づくしでただのイモ娘になっちまう」

（イ、イモ……？）

とんでもない悪口を言われたような気もするが、パメラがあまりにも当然のことのように言うので反論できなかった。

確かに先ほど見た婀娜《あだ》っぽい女性たちに比べれば、どこからどう見ても東洋系の質素な顔立ちの私は、地味な服装も相まってイモに喩えられても仕方がないのかもしれない。元々本の収集に夢中で、自分を飾り立てることに無関心な自覚はある。

「それにしてもギリアム様は、ウチのコレットの誘いには見向きもしなかったのに、こんな年端もいかないような娘がいいだなんて……」

「と、年端も⁉」

ずっとされるがままになっていた私だが、パメラのぼやきにはさすがに驚いてしまって、素っ頓狂な声をあげてしまった。

誤訳だろうか。少なくとも日本では、二十五歳の女に『年端もいかない』という表現は使わない。

『失礼な。間違って訳したりなどしませんよ。このわたくしが』

話しかけても無視していたくせに、突然不服そうに本が訴えてきた。それを黙らせるために表紙をベチンと叩く。

いや待て。今この本は、私の考えを読んで先回りして答えなかったか？

『はい。魔導書とその持ち主は以心伝心。私とイチカ様もまた例外ではありません』

本は歌うように言う。

私は動揺のあまり、本を取り出して床に叩きつけてしまった。そして一刻も早く黙らせようと、そのましゃがみ込んで本の表紙を押さえようとする。口のない本にこうしても効果があるとは思えないが、何もしないでいるよりはるかにましだ。

『痛い！』

するとと本が、わざとらしく悲鳴をあげた。

はあはあと肩で息をする私に、パメラが呆れた顔をする。

「一人で何騒いでんだい」

「何って……」

私はそのまま本を踏みつけようとしていた足を止め、振り返った。

そして気づく。彼女には先ほどまでのオプスの声が聞こえていなかったということに。

なぜだろうか。ガンボの前では、ペラペラと調子よく自分の出自を語っていたというのに。

『だから申したでございましょう? わたくしとイチカ様は以心伝心だと。あなたが望みさえすれば、心で念じて会話することもできるのです。それなのにこのように投げつけて、あまつさえ踏みつけようとするなど』

説明を聞いている間に頭が冷えたので、とりあえず本を拾い上げた。

たとえそれがどんな変な本であろうとも、やはり本を踏みつけるなんてしてはいけない。私は基本的に本好きなのだ。くたびれた革張りの表紙を、確かめるようにそっと撫でる。

「ったく。一人で騒いで、変な病気でも持ってんじゃないだろうね? やめてくれよ。こんなところで流行《はや》ったら一発なんだからね」

ぶつくさと言いつつ、パメラがドレスや宝飾品を選んでいく。

その後、化粧や盛り盛りのヘアアレンジまで施され、終わった頃には私の時計で三時間もの時間が経過していた。

案内された部屋では、ギリアムとその仲間たちが何か深刻な顔をして話し合っていた。

一方でガンボは所在なげな顔をしている。

私は彼を巻き込んでしまったことを、心底申し訳なく思った。

「これは……見違えたな」

私を驚かせたのは、ギリアムの反応だった。

白色人種特有の白すぎる頬が、ほんのり赤く染まる。

彼の表情は、お世辞ではなく本当にそう思っていると如実に語っていた。

しかし私にしてみれば、その反応は美的センスを疑うとしか言いようがない。

なにせ締め付けられた腰は苦しいだけだし、パメラの選んだドレスは日本人の私にはどうも装飾過多に思えて仕方ないからだ。

スカートの下に何枚も重ねられたレースは重くて仕方ないし、スカートを膨らませるためだけに存在するクリノリンのおかげで動きも大幅に制限されていた。

まるで王侯貴族のようなすみれ色のドレス。

その染めは大変に美しく、イミテーションの宝石や派手なドレスの中にあってもこのドレスがある程度の価値を持っていることを明らかにしていた。

こんなものを借りてしまって大丈夫なのだろうか。

苦しさにきしむ体を抱えながら、私は冷や汗をかいていた。

『大変お美しいです。イチカ様。まるで朝露に濡れる花のよう。あまりの可憐さに、思わず手折《たお》りたくなってしまいます』

嘘か本当か分からない口調で、オプスが言った。

脳内に直接語りかけられるのはともかくとして、言われている内容の方には耳を塞いでしまいたくなる。

だって二十も半ばの地味女が、多少化粧をしたぐらいで美しくなるわけがないじゃないか。そんなおとぎ話でもあるまいに。

もしこれが夢の中だとしたら、目覚めた時、私は自分にそんな願望があるのかとひそかに絶望することだろう。

ギリアムの仲間たちはむしろギリアムの反応の方に戸惑う気配を見せたので、ああこの人とオプスがおかしいだけかとそっと安堵のため息をついた。

「どうぞ座ってくれ。君たちの話が聞きたい」

促されるままに、一人掛けソファに腰かける。削り出した木の枠がなんとも優美な、金華山織《きんかざんおり》張りのソファ。脚はなんと猫脚だ。とんでもないロココである。

クリノリンを下敷きにしないよう慎重に座る。

無理矢理に履かされたハイヒールはインソールも何もあったものではないので、立っているだけで足がちぎれそうだった。なので座れただけで、心底嬉しくなる。

部屋から部屋へ移動しただけだというのに、既に足が痛くてたまらないのだ。

パタンと音がして、パメラが気配もなく部屋を出ていったのが分かった。

先ほどまでギリアム様とはどうだこうだと騒いでいたのに、本人に対しては礼儀正しい態度を崩さないようだ。

それだけ彼が重要な客という意味なのかと、色々勘繰《かんぐ》ってしまう。

「さて、イチカ。君は〝魔導書持ち〟で間違いないね？」

質問というよりは断定の口調だった。

その言葉の意味は先ほどガンボから聞いていたので、私はこくりと頷く。

非常に不本意だが、私がこの面倒くさい本と契約を交わしてしまったのは、どうやら疑いようのない事実であるらしい。

『イチカ様。ひどいです面倒くさいなどと』

オプスの非難を、私はそっと無視した。

「だが、グリモワールを召喚した際、君は呪文を唱えなかった。呪文なしに起動する魔導書なんて聞いたことがない。どういうことだろうか？」

どうやらギリアムは、この話をするためにここまで私を連れてきたらしかった。

それだったら無駄に着飾らせるなんてせず、さっさと本題に入ればよかったのに。

それにどういうことかと聞かれても、それは私の方が聞きたいぐらいだった。

なんせそれはオプスが勝手にやったことだし、呪文なしに起動する魔導書が珍しいということすら、たった今知ったのだ。

「それは、『エンチャント』とは違うんですか？」

そう尋ねると、まるで胡乱《うろん》なものを見るような目で男たちが私を見たのが分かった。

だが、オプスを呼び出すための言葉で、私が知っているのはそれだけだった。

「旦那。イチカは昨日この世界に来たばかりの迷い子なんだ。だから何を聞いても分からんと思うです」

ガンボが救いの手を差し伸べてくれた。

だがそうしながらも、彼はただでさえ小さい背丈を、更に縮こめてしまっている。

どうもドワーフというのは、人間たちからあまりいい扱いを受けていないらしい。それなのに私を助けてくれたガンボ。

「何だって!?」

ギリアムの仲間の一人が叫ぶ。

他の男たちも、ざわざわと落ち着かない様子だ。

「だが、彼女はこの国の言葉を話しているじゃないか。迷い子というのは言葉も喋れぬ者達だ」

「そうだ。嘘をつくとためにならんぞ！」

何だか知らないが、話が不穏な方向へと向かっていく。

まるでガンボを責め立てるようなその言い方に、図らずも怒りが湧いてきた。無理矢理連れてきておいて、何という言い草だろう。

立ち上がって反論しようと口を開いたが、ギリアムの剣幕に言葉を遮られた。

「黙れ！」

ピリリと、部屋中に緊張が走る。

その迫力は大層なものだった。

男たちが慌てて口を閉ざす。

やはり、ギリアムは仲間内では一番高い地位であるらしい。彼の言葉に誰も異論を挟まないところが、それを如実に表している。

「部下たちが礼を失してすまない。――『エンチャント』だけで起導する魔導書とはな。どうやって手に入れたか教えてくれまいか」

部下――一体何の組織の部下だろうか。

そんなことを考えつつ、今度は私が口を開いた。

なんせ私についての話をしているのだから、いつまでもガンボばかり矢面《やおもて》に立たせているわけにはいかない。

「私は、こことは全く別の世界にいて、気づいたら森にいたんです。そこで人の言葉を喋る犬に襲われかけたところで、持っていた本が突然喋り始めて――」

できるだけ分かりやすく丁寧に話そうとしたが、実際に口にしてみると出来損ないのおとぎ話みたいになった。

「なるほど、魔導書が自らを使うよう指示したのか」

ギリアムが不思議そうに言った。

その質問にむしろびっくりだ。

「今思えば、そうなのだと思います。本が『エンチャント』と叫べというので、言う通りにしたら……」

向かい合う男たちの顔が、ぎょっとしたのが分かった。

なぜだろうかと疑問に思う前に、私はその理由を思い知る。

なぜなら私の言葉を遮るように、手に持っていたはずの本が人の姿で目の前に現れたからだ。

濡れたような黒髪に、人々の目を惹きつけてやまない作りものめいた美貌。その美しい立ち姿。

まるで物語の主役が舞台に現れたかのように、男たちは息を呑んだ。

だが私は知っている。

主役なんてとんでもない。この男は主役を誘惑し地獄に突き落とす悪魔のような存在だ。

「お初にお目にかかる。わたくしはイチカ様と契りし魔導書。原始のオプスキュリテである」

そう言って、オプスは赤い目を細めて不穏に微笑んだのだった。


オプスが出現した瞬間、男たちの中で二人がまず呻《うめ》きながら崩れ落ちた。何が起こったのか分からず、慌てて周囲を見回す。

すると他の人たちも、何かを耐えるようゆっくりと膝を折って前かがみになった。

あっという間に、部屋の中は男たちの呻きで埋め尽くされる。痛いのか苦しいのか、それとも恐怖しているのか、耳を傾けても男たちの呻きは一向に意味をなさない。

私はとりあえず倒れた人の中で一番近くにいた人に駆け寄ろうとした。

だが、足がまるでその場に縫い付けられたように動かない。そして初めて、私は自分が震えていることに気が付いた。

男たちの中ではギリアムだけが唯一、まるで強風に耐えるように身を庇いながら何とか剣を抜こうとしていた。

ガンボも何が起こっているのか分からないようで、不気味そうに男たちの様子を見回していた。

「原始のオプスキュリテ、だと？」

最初に口を開いたのは、やはりギリアムだった。

「いかにも。神が与えし始まりの魔導書が一冊。我こそが混沌《こんとん》。我こそが原初の闇」

オプスが笑みを深くした。

私までぞくりと背筋が冷たくなるような、そんな絶対零度の微笑み。

その時、男たちの三人目が崩れ落ちた。恐怖に震える悲鳴があがる。どうやらオプスは見えない力で、男たちに何らかのプレッシャーをかけているらしい。

「人間風情が、我が主《あるじ》に無礼を働くなどあってはならない。貴様らはまずそれを己の身に叩き込みなさい」

オプスが手を翳《かざ》すと、男たちはギリアム以外全員が倒れてしまった。

ギリアムは剣を杖代わりに何とか膝を折るに留《とど》まっていたが、それでも彼の顔には深い苦痛の色が見えた。

「ほう……まだ立っていられるとは、今度は加減をしすぎましたかね」

オプスがどこか愉快そうに呟く。

それは、先ほどまで私と言い争っていた彼とは別人のようだった。

ぶるりと震える肩を抱き、萎縮しそうになる己を叱咤《しった》する。

ギリアムの切れ長の目が、事態の収束を命じるように私を見ていた。

これをどうにかできるのは、私しかいないのだ。

「や、め、な、さいよこのバカが！」

本当は足が震えていたけれど、それを無理やり押さえ込んでオプスの頭を叩いた。

それほど力は入らなかったけれど、それを境にギリアムの体から緊張が消えた。

その後ろで倒れていた人たちも、オプスを警戒しながらゆっくりと立ち上がってくる。

「イチカ様。わたくしを叩くなんてひどいです。魔導書虐待です」

ヨヨヨとオプスが泣きまねをした。

どうもこの魔導書は、日本の古本屋にいたせいか俗っぽい気がする。

彼の言動は、ファンタジー世界の住人として徹底的にずれているのだ。

けれど今、そんなことはどうでもいい。

「うるさい！　あんたこそ、気軽に力を使うのやめなさい。穏便に話し合いをするってのが、人間には大切なの。あんたみたいに力で押さえつけてばかりいたら、独裁者と一緒。誰とも信頼関係なんて結べないでしょ」

「イチカ様にはそんなもの必要ありませんよ。わたくしとの絶対的な主従関係がございます。その力があれば世界の覇権を握ることすら夢ではありません」

疲れた顔の男たちが再びざわついた。

私は頭を抱えたくなった。

オプスの言葉は、ギリアムたちの警戒を深めるだけだ。できるだけ穏便に事を進めたいと思うのに、さっきからそれと真逆の方向にばかり進んでいくのだから全く嫌になる。

「ふざけないで。そんなこと望んでいない。ただ元の世界に――家に帰りたいだけなの！」

何度言ったら分かるんだと、思いきり叫んだ。そして静まり返った室内で一人、はあはあと肩で息をする。

普段はこんな大声を張り上げるキャラじゃないのに。

すると、オプスはくるりと私の方に体を向けた。その赤い目と目が合った瞬間、凍り付いたように体が動かなくなる。

しゃべろうとしたが、それもできなかった。まるで人形のように、身じろぎ一つできない。

視線の先には、オプスの真っ赤な目。

赤い宝玉は白い肌の上でとろけ出しそうな色をしていた。そして恐ろしいほどの美貌。

けれどもっとも強調すべきは、その不気味さと、何を考えているのか分からない彼の底知れない存在感かもしれない。

目が釘付けになって、逸らすこともできない。

「あ……っ」

喉の奥から、かすかな悲鳴のようなものが漏れた。

呼吸すらできず、息苦しさがどんどん加速していく。

死ぬかもしれないという恐怖と、やけに大きく聞こえる自らの鼓動。

――やっぱり、この男は悪魔だったんだ。

私は思い知った。

先ほどまでのおどけた様子や、私に献身的に仕えようとする態度は全て嘘で、それこそ悪魔の気まぐれで。

本当はいつでも殺せるし、きっと簡単に意のままに操れる。

そう認識すると同時に、猛烈な怒りが、喉の奥底から湧き上がってきた。

魔導書が何だ。単なる古ぼけた本のくせに。

どうして人をこんな目に遭わせる権利があるというのだ。

思えばこの世界に連れてこられたことすらひどく理不尽なことだというのに、人ですらない奇妙な魔導書という存在に、どうして私の人生を好き勝手されねばならないのか。

――ふざけるな！

出ない声で、精一杯叫んだ。

こんな風に、本能から何から全てを傾けて一つの思いをぶつけるのは初めてだった。

すると、ずっと人を食ったような笑みを浮かべていたオプスの顔に、初めて別の感情が灯る。

彼が訝しがるように眉を上げると、途端に体から力が抜け、私はその場に崩れ落ちた。

クリノリンでお腹を打ってしまい、思わず呻いてしまった。

そして気が付いた。息ができ、喋れるということに。

久しぶりに供給された空気が、いきなり気道に流れ込んできた。耐えきれず、私は激しく咳き込む。

ドスドスと、ガンボが駆け寄ってくる音がした。

「大丈夫か⁉　イチカ」

その声はとても必死に聞こえて、昨日出会ったばかりなのにどうしてそんなに優しいのだと、私は遠くの出来事のようにかすかに思った。

「一体これは……どうしてポーターにこんなことをするんだ！」

怒鳴りつけたのはギリアムだ。彼の怒りは、私ではなくオプスに向かっていた。

そして肝心のオプスはと言えば、両腕で己を抱きしめ震えている。くつくつと笑いながら。

不気味なことこの上ない。

長い前髪が横に流れて、彼の恍惚とした表情が露わになった。あまりにも場違いな彼の反応に、誰しもが衝撃を受け室内は静まりかえった。

ぞくりと、今までに感じたことのない恐怖が背筋を走り抜ける。

この男は危険だと、本能ではっきりと感じた。

そしてこの危険な男をどうにかできるのは、おそらくこの場で私しかいないのだろう。

私を主人と呼ぶ魔導書。

分からないことだらけだが、もし主人だというのならその務めを果たさねば。

誰か他の人間に――危害を加えてしまう前に！

そう強く決意した瞬間、手のひらの傷がじわりと熱を持った。

熱い。まるで自分の体の一部ではないみたいだ。

たまらず巻かれた包帯を押さえる。

「ううー！」

怒りのあまり獣じみた声をあげる私に、背中をさするガンボが動揺するのが分かった。

けれどそんなことは構わず、オプスを睨みつける。

「ほう」

先ほどまで笑っていたオプスは、私の変化を敏感に感じ取ったのか、驚きとも感嘆ともとれるため息をついた。

とろりと溶け出しそうな目が、心底嬉しげに細められる。

彼のおふざけがどれほど危険か思い知らされたばかりの私は、その表情に怒りとも恐怖ともつかない感情を抱いた。

本当に、こんな悪魔を矯正することなどできるのだろうか。平凡な日本人にすぎない私に。

決意を揺るがす不安が、染みのように広がる。すると手のひらの痛みが弱まり、オプスの表情は一転して退屈そうなそれに変わった。

「どうやら貴女様には、わたくしのポーターとしての適性があったらしい。魔力もない異世界人など、御《ぎょ》するのは容易《たやす》いと思ったのですが」

ひどい言われようだ。やはり今までの彼の好意的な態度は、見せかけのものだったのだろう。

彼は試したのだ。追い詰められた私が一体どうするのか。苦痛をもって私の本性をさらけ出そうとした。

だが、そんなオプスにも何か思い違いがあったようで、思わずざまあみろと心の中で毒づく。

すると相手はまるでそれが聞こえたかのように、声高らかに言った。

「ですが、あまりに非力。そしてあまりにも脆弱。それでは私を縛ることなどできませんよ。出来損ないのポーター様」

白い顔に皮肉げな笑みが浮かぶ。

そしてオプスはさっきまでの慇懃《いんぎん》無礼《ぶれい》な態度から一転して、歌うように私を嘲《あざけ》る。

きっと、こちらの方が本当のオプスなのだろう。何もかもを面白がり、そして気に入らなければすぐに壊してしまう。

ポーターだろうが関係ない。

飽きたらいつでも殺せるとすら思っていそうだ。

私がまだここに生きていることが、不思議にすら思えた。

彼は手すら触れずに、不思議な力で相手の息の根を止めることができる。対象ごと土を抉り、跡形もなく消し去ってしまうことさえ可能だ。

何という厄介な存在だろう。

「なにを……言って……」

足の震えが隠せなくなった。

体中から力が抜けていく。

そして突然、信じられないほどに手のひらが熱を持った。

先ほどまでの熱など生ぬるい。まるで燃えさかる焼きごてを手のひらに押しつけられたようだ。

「ああー！」

「イチカ！」

ガンボの声が遠くに聞こえた。

そして私は、とうとう耐え切れずに意識を手放した。

新たな主《あるじ》は随分と迂闊《うかつ》だった。

平和な世界で暮らしていたせいか、警戒心というものが足りない。力もないのに、呪われた森をどんどん進んでいく。どうしようもなく無防備で、そして無知だ。

彼女の怒った顔を見ていると、気分が高揚して仕方ない。

元の世界に戻れないと知った時、私に頼らなければ言葉すら理解できないと知った時、この娘は一体どんな顔をするのだろう。

主に対して殊更《ことさら》丁寧な態度を取るのは、メインディッシュの前の私なりの下準備だ。他の始まりの魔導書たちはそれをおかしいというが、私はそうは思わない。

プレミエール・グリモワール《原始の魔導書》に傅《かしづ》かれて有頂天になった主が、堕落の末に見せる絶望の表情が私は大好きなのだ。

ポーターの末期の声が、許しを乞う悲惨な顔こそが、私の好物なのである。

今までそうやって、何人の持ち主を堕落させ葬り去ってきたことか。

始まりの魔導書を従えようなどと、本気で考える方が愚かなのだ。

倒れた主を、魔導書が抱き上げる。

迷い子の娘と魔導書。

どちらもこの世界では異分子だ。

——なのになぜ、こんなにも心が吸い寄せられるのか。

体勢を立て直したギリアムは、困惑を持て余していた。

「お前、イチカに何をした！」

ドワーフが叫ぶ。

先ほどの成り行きを見ていただろうに、彼の勇気は感嘆に値する。

「何も。ただイチカ様は、幸か不幸か私の主人としての適性があったというだけのこと。正当な主を得るのは三百年ぶりです。これからが本当に楽しみだ」

先ほど見せた恍惚とした表情で、魔導書は眠る主の頬に口づけた。

不意に、古《いにしえ》より伝わる一文がギリアムの脳裏に浮かんだ。

「『始まりの魔導書は、主人を試す本である。時に牙を剝き、主を喰らうことすらある』……お前、その娘を試しているのか？」

ギリアムの問いかけに、魔導書はただただ嬉しげだ。

「主を試すのは、我々魔導書に与えられた唯一の娯楽。退屈な地上へと赴く我々に、神様がお与えくだすった果実」

愛《いと》しげに主人を見つめるこの魔導書は、いつでも簡単に忠誠心など捨てられると言いたげだった。

だが一方で、彼の手は間違っても主を落とさぬようにとしっかり娘を抱え上げている。

相反する感情を同居させ、歪《いびつ》に完成された神の与えし禁忌の本。

その身勝手さ、理不尽さはまさしく神のそれであった。

出会ったばかりの黒髪の娘に、ギリアムは思わず同情の眼差しを向けたのだった。

第三章　深紅《しんく》のプルーヴ

目が覚めた時、思ったのは早く会社に行く準備をしなくちゃということだった。

けれど次の瞬間、記憶が戻ってきて愕然とする。

見たことのない部屋。身に覚えのない白いドレス。

そうだここは日本ではないんだと、静かな絶望を味わう。

私はこれから何度、この絶望を味わうんだろう。

薄暗い部屋でぼんやりとしながら、そんなことを考えた。

「ご機嫌麗《うるわ》しゅうございますか？　イチカ様」

立っていたのは見覚えのある黒髪の男だった。

一体いつからそこにいたのだろう。先ほどまで、確かに気配などしなかったのに。

まるで彼は最初からそうしていたかのように、ベッド脇に立っていた。映画で見た、主《あるじ》に仕える執事さながらに。

私が睨みつけても、彼はちっとも意に介さなかった。それどころかにっこりと笑みを浮かべて、優雅に一礼して見せたのだ。

「あんた、私に何したの？」

気を失った瞬間、手のひらが熱かったことだけは覚えている。そしてその手のひらの傷は、オプスによって作られたものだ。

そこまでの経緯も含めて考えると、私が意識を失った理由はどう好意的に考えても、オプスにあるとしか思えないのだった。

「――お手を」

手を差し出されたので、おそるおそる痛んだ方の右手を差し出す。

今度は何をされるのだろうかという恐れはあったが、言う通りにしなければ話が先に進まないであろうことも、また分かっていた。

いつの間に手当てされたのだろう。丁寧に包帯の巻き直された手のひら。

しかしよく観察すると、その中心が不自然に膨れていた。

「何？　これ……」

手を握りしめて確認しようとするが、オプスに制されてしまう。

「触れないで。まだ定着しておりませんので」

「定着？　何のこと？」

訝しげな私に答えるように、オプスはそっと包帯を解いた。

そして露わになる手のひら。

しかしそれは、もう私の見慣れた右手ではなかった。

「何よこれ……っ」

私の手のひらの中心に、全く異質な物体が出現していた。皮膚に埋まった、丸い真紅の宝石。

いいや、見た目が宝石というだけだ。これはおそらく、宝石なんかじゃない。

だって、私の鼓動と合わせて小さく脈打っていた。

石特有の冷たさなんて感じない。

包帯を外すまで気づかなかったはずだ。この宝石は、私と同じ体温を持っているのだった。

「なんと素晴らしい……」

オプスは恍惚とした表情で言った。

そして私の手首を持ち上げ、そこにそっと口づける。呆然とする私を置き去りにして。

その時に気が付いた。この宝石は、オプスの目と同じ色をしている。

知らず手が震えた。

直後、気を失う前に感じた強い怒りが蘇《よみがえ》ってくる。

「何なのこれ！　人の体に何をしたの!?　ちゃんと説明して!!」

ピアスもしない。タトゥーも入れない。別にそんな主義があるわけじゃないけど、二十五年連れ添った体には愛着がある。

なのに、まさか知らぬ間に石を埋め込まれていたなんて。

当然気味が悪いし、怒鳴りたくもなる。

「うっ」

寝起きに怒鳴ったので、頭ががんがんと痛んだ。

そういえば私は、オプスに体の動きを封じられ、その直後に意識を失ったのだ。呼吸さえも制限され殺されかけたのだから、むしろ頭が痛いだけで済んでいるのはましな方なのかもしれない。

その事実に思い当たり、恐る恐る手のひら以外の体の各部を点検した。

いつの間にかクリノリンは取り外され、寝やすいようにシュミーズに着替えさせられている。

シュミーズと言っても現代のそれではなく、白いリネンで作られた簡素なドレスだった。これならオプスの前でもさほど羞恥心を感じずに済む。

安堵と疲労が入り混じったため息をつくと、さも心配だという顔でオプスが私の顔を覗き込んできた。

彼こそが疲労の元凶であるというのに、だ。

「安静になさってください。もうあなた一人の体ではありません」

「はあ？　何いってんの」

更に頭痛が増した。彼の台詞はいちいち思わせぶりで意味深だ。

するとと仕方のない主人だとばかりに、オプスがため息をつく。

（誰のせいだと……っ）

いらいらとしながら、私は彼の説明を待った。

白い手袋に包まれたオプスの手は冷たい。

人間とは思えない美貌で微笑まれると、うっとりというよりはぞくりという悪寒を感じる。

「この石は、プレミエール・グリモワールの正当なる主人の証。魔導書が認めた主にのみ顕現するプルーヴでございます」

「プルーヴ？」

「ええ。わたくしとの魔力の通り道、とでも申しますか——ほら」

そう言って手袋を外したオプスの白い手には、私の右手と同じ石が埋まっていた。

そして断りもなしに、彼は石同士を触れ合わせる。まるで手を繋ぐように。

それは不思議な感触だった。

まるで石にまで私の神経が延びているかのようだ。

硬いのに優しい手触りだった。そしてオプスの手のひらと同じ温度だった。

「なっ」

カッと赤い火花が散って、一瞬にしてオプスの姿が搔き消える。動揺する私を置き去りにして。

『このように、本を持ち歩かなくてもわたくしを体内に収納できるようになります』

脳内に響く声に、ぞぞっと鳥肌が立った。

「気持ち悪っ、出てってよ！」

『気持ち悪いだなんてそんな……』

オプスが悲しげな声を出す。だがどうせそんなものは演技だ。私はこの本の厄介さが、少しずつ分かり始めていた。

騙されてはいけない。これがヤツの手なのだ。こちらが油断していると、そのうち脳みそまで乗っ取られてしまうのではないかと思う。

息も荒くどうしてやろうかと考えていたら、部屋の外でどたどたと騒がしい音がした。

何事かと扉を見ていたら、激しいノックが二回。そして答える間もなく、部屋に入ってきたのはギリアムだった。

「目が、覚めたのか……」

ギリアムは息を切らしていた。

その様子に、私の方が驚いてしまう。

そんな表情を読みとったのだろう、ギリアムは白い頬をさっと赤く染めた。

「淑女の寝室に、失礼した……何か怒鳴り声のようなものが聞こえたので……っ」

一瞬目が合ったかと思うと、すぐにそれを逸らされてしまう。そしてどこか恥じ入ったように、彼は頑なに視線を合わせようとしないのだった。

怒鳴り声というのは私の声のことだろう。

ギリアムが思わず飛び込んでくるような声だったのだろうかと、我に返って恥ずかしくなった。

なんとなく彼に手のひらの石を見られたくなくて、私は右手をさっと布団の中に隠した。

「し、失礼した！」

「ま、待って！」

すぐに出ていこうとするギリアムを、私は慌てて呼び止めた。

このままオプスとずっと話していたら、頭が変になりそうだ。

それにギリアムには、どうしてここに連れてきたのかとか色々と聞きたいことがあった。

私をひどい目に遭わせるつもりなら最初から助けたりしないだろうし、娼館に売り渡すつもりなら彼がまだこの館に残っているのはおかしい。

ギリアムはかろうじて部屋からは出なかったが、私に背中を向けて振り返ろうとしなかった。

「あの、お話を聞きたいんです。お忙しかったら申し訳ないんですけど……」

おずおずと話しかけてみた。

幸か不幸かオプスは何も言ってこない。どうやらしばらくは私たちの動向を見守ることにしたらしい。

ギリアムは一向に振り返らない。

たまりかねてもう一度声をかけると、動揺も露わな声が返ってきた。

「あの……」

「分かったから、せめて上に何か着てくれ！」

「へ？」

あまりにも意外な返事に、虚を衝《つ》かれた。

「あらあら、誘うにしてももっとやり方があるだろうに」

今のやりとりをどこから聞いていたものか、部屋の中に大柄な女主人・パメラが入ってくる。彼女はなぜか派手な模様のガウンを手にしていた。

困惑した私は、彼女にされるがままそのガウンを羽織らされる。

「育ちは悪くなさそうだが、下着姿で男を閨房《けいぼう》に引き込むのはもうちょっと大人になってからだよ」

パメラの言葉に、唖然となった。

いやいやこの西洋風の世界では幼く見えるかもしれないけど年齢的には十分大人で――なんてことは置いておいて、驚いたのは先ほどまでの自分の行動の意味を思い知ったせいだ。

そうだ。本の知識でこの白いドレスがシュミーズだと気づいていたのに、それがこの世界では下着姿だということにどうして考えが及ばなかったのだろう。

ギリアムの態度の意味を悟り、思わず顔が熱くなる。

「それじゃあごゆっくり～」

まるでからかうように言い捨てて、パメラが出ていってしまう。

そんな状態でギリアムと二人きりにされては、気まずいことこの上ない。

『おやおや悪いご主人様ですね。わたくしというものがありながら、別の男を誘惑するなど』

内容の割にどこか楽しげに、オプスが言う。頭に直接話しかけられるという状況に未だに違和感を覚えつつ、私はその言葉を無視した。

「その……具合はもういいのか？」

ギリアムは大きなため息を一つつくと、緩慢な足取りでこちらに近づいてきた。そして部屋の中にあった木製の椅子をベッド脇に引き寄せると、そこにゆっくりと腰掛ける。

互いの醜態を、私たちは水に流すことにした。

「おかげさまで。ベッドまで貸していただいたようで、ありがとうございます」

おずおずと答えると、ギリアムは気難しげな顔を少しだけ緩ませた。

「よかった。急に倒れたから心配していたんだ。それで、君のグリモワールは？」

尋ねられ、ぎくりとした。

自分の体の中に消えてしまったとは、なんとなく言いづらい。

「それが、急にどこかへ消えてしまって……」

私は嘘をついた。

いや、正確には嘘ではない。

オプスが消えてしまったのは本当のことだ。

「そうか」

ギリアムは残念なような安堵したような、複雑な顔をした。

話を逸らそうと、私はとりあえず思いついたことを口にする。

「あの、ガンボはどうしていますか？」

「ああ、彼なら森に帰したよ。君のことを心配していたが、意識がないのに動かすわけにもいかないからね。明朝改めて来るそうだ」

彼の言葉に、あれから結構な時間が経っていることを知る。

「そうですか……」

私はほっと胸を撫でおろした。

いくら何でも、これ以上ガンボに迷惑をかけるのは申し訳なさすぎる。これ以上彼の優しさにすがるわけにはいかない。一文無しで来てしまった以上、誰かの世話にならないと生きてはいけないとはいえ。

「体調がいいようなら、少し質問してもいいだろうか？」

「あ、はい」

気を取り直したように、ギリアムが言った。

彼の目に、鋭い光が宿る。

何を聞かれるのだろうかと、私は少し身構えた。

「単刀直入に聞く。領主を殺したのは君か？」

「は？」

思わず素っ頓狂な声を出してしまったのは、許してほしい。

だってギリアムの質問があまりにも、私の想像を超えていたせいだ。

「……どういうことですか？」

冷静に問い返した私を、どうか褒めてほしい。もし相手がオプスだったら、何を言っているんだと咄嗟に怒鳴り返していただろう。

ギリアムが私の反応を、注意深く観察しているのが分かった。

多分領主が殺されたというのは、本当のことなのだ。

領主というのがどれぐらいの地位で、更にギリアムがその事件とどういった関係があるかは分からないが、迂闊《うかつ》な返事をすれば間違いなく、今以上に厄介な立場に追い込まれることだろう。

「先日、この地の領主であるリッツ伯爵が何者かによって殺害された。その犯行には、非常に強力な魔導書が用いられたと思われる。私たちは、その犯人を見つけるためにこの地に来たのだ」

聞けば聞くほど、とんでもない話だった。

つまり、先ほどの質問は本当に私がその領主殺しの犯人ではないかと問うものだったのだ。

ギリアムはオプスを見て、その持ち主――不本意ではあるが――である私が犯人かもしれないと思い、ここに連行したのだろう。

そう考えれば、まるで逃がさないとでも言うように男たちに周囲を取り囲まれてここに連れてこられたのにも納得がいく。

でも、それじゃあ何のためにあんな窮屈なドレスを着させられたのだろう。

「それにしては――随分と扱いがよかった気がするんですけど。あんないいドレスを着させてくれたりとか……」

「そ、それは、パメラが勘違いしたのだ。私が好みの女性を連れ帰ったのだと……。単に元の格好だと目立つから着がえてほしかっただけなのだが、ちゃんと説明しなかった私が悪かった」

ギリアムがひどく取り乱して言うものだから、私も恥ずかしくなって顔を上げていられなくなった。

気まずさのあまり、急いで話題を方向転換する。

「そのっ、先ほどもお話ししたように、私は別の世界から来た迷い子なんです。言葉が喋れるのは、オプス――持っている魔導書の力らしいんですけど、とにかく領主さんなんて知りませんし、ましてやそれを殺したりなんて……」

〝殺す〟というあまりにも凶悪な単語に、改めて恐怖を覚える。

「そうか」

ギリアムは短く相槌を打つと、しばらく何事かを考え込むかのように黙り込んでしまった。

私は気まずい沈黙を持て余し、オプスにこの状況について尋ねることにした。

『ねえ、どう思う？　どうせ聞こえてるんでしょ』

『はい』

まったく気味の悪いことに、声に出さず頭の中で問いかけると、自分ではない何者かが返事をする。

『そうですねぇ。強大な力を持つ魔導書の持ち主が犯人となれば、イチカ様が疑われるのも無理からぬことかと。なにせあなた様は、プレミエール・グリモワールたる私のポーターなのですから！』

自らを誇るように言う魔導書に、私は思わずため息をついてしまった。

このオプスという男は、真剣な相談事をするのに全く向いていない。

「疲れただろうが、もうしばらく付き合ってくれ」

私のため息を疲れによるものと解釈したのだろう。ギリアムが顔を上げていった。

私は彼の誤解を慌てて否定する。

「疲れたなんて、そんな。今のため息はそういうのじゃなくて……いえあの、疑われて困ったなとは思いますけど……」

そこでふと、気になったことがあった。

私は深く考えることもなく、頭に浮かんだその疑問をギリアムに投げかける。

「でも、その領主殺しの犯人を追っているっていうギリアムさんは、一体何者なんですか？　正式な捜査権を持った存在をこの世界で何て呼ぶのかは分かりませんが――領主側の人間だったら私は今頃牢屋とかに放り込まれてるはずだと思うんですけど」

まだ少し見ただけだが、この世界の文化レベルからいって容疑者の人権が保護されているとは考えづらい。

むしろ疑われたら最後、拷問でも何でもありなのではないかという嫌な考えが頭を過《よぎ》る。

と同時に、ギリアムが表情を変えた。

さっき私の格好に赤面していた時のような親しみやすさはそぎ落とされ、彼の金の瞳に冷たい光が宿る。

「聞いているのはこちらだ。無駄口を叩いている暇があったら、真実を話すんだ」

カチャリという音がしたので、そちらに目をやればギリアムが剣に手をかけていた。私は息を呑み、無意識に気安い態度を取っていた自分を猛省する。

自分の身を守るためには慎重に立ち回らなければいけないと分かっていたはずなのに、基本的にこちらを気遣ってくれるギリアムに、無意識に心を許していたのだ。

「ご、ごめんなさい……」

布団の下で、手のひらの宝石を握りしめた。赤い異物は、今も変わらず私の中でどくどくと脈打っている。

すると突然、傍観していたはずのオプスが姿を見せた。

「気に入りませんねぇ」

一分の隙もなく燕尾服を着こなした彼は、突然空中に現れたかと思うと手のひらから黒い数本の糸を放った。糸は、立ち上がって剣を構えようとしていたギリアムの体に纏わりつき、そのまま彼の体を縛りつける。

「オプス！」

私はベッドから身を乗り出した。

何事も穏便に済ませたいと思うのに、この魔導書のせいで思う通りに行かないことばかりだ。

「貴様っ」

剣を抜こうとするギリアムと、オプスの糸の拘束がぎりぎりと拮抗している。もしこの糸が切れたら、怒ったギリアムがオプスに切りかかるのではないかと、私は怖くなった。

あれほど疎《うと》んでいたオプスの心配をするというのも妙な話だが、荒事にとことん縁のない私にとって、ギリアムの提げた剣というのは目にするのも恐ろしい脅威だ。

なのにオプスはといえば怯えるどころか、まるでからかうような笑みを見せている。

けれどその笑みの中にはかすかな怒りが滲んでいて、常と違う彼のその態度に私は戸惑った。

いつも彼が浮かべている笑みには余裕があった。それがないだけで、私はひどく空恐ろしい気持ちになる。

「オプス、やめて。ギリアムさんを挑発しないで」

慎重に語り掛けるが、オプスが大人しく私の言うことを聞くはずがなかった。

「おや、イチカ様はこの男の肩を持つのですか？　あれほど怯えてらしたというのに」

「そういうことじゃなくて、冷静な話し合いがしたいと言っているの。ギリアムさんはいくらでも私を脅して証言させることだってできたのに、そうしなかった。この人は信頼できる人よ」

必死に説得しようとするが、オプスの手のひらから伸びる糸はちっとも緩まない。それどころかますます張りつめて、ギリアムの体を締めつけているように見えた。

「ぐぐっ」

ギリアムのくぐもった唸りに、私は糸の一本が彼の喉にかかっていることに気づく。

慌ててベッドから飛び出し、せめてもと首にかかっている糸だけは外そうとした。部屋の中に糸を切ることのできる道具はないか、慌てて周囲を見回す。

「無駄ですよ。それは人の道具では切れません」

私の考えを読んだかのように、涼しい声でオプスが言った。

そして彼の言う通り、間近で見るとそれは綿を紡いだ糸ではなく、糸状の黒い何かだった。

更にその周囲を黒いオーラのようなものが取り巻いている。切れないのなら緩めようと手を伸ばすと、まるで熱く熱せられた鉄に触れたような、激しい熱と痛みを感じた。

「なに……これ？」

呆然と呟く。

それは私の知らない物質だった。反射的に離した指先には、黒い焦げのようなものがこびりついていた。

「イチカ様。おいたはいけませんよ。この糸は地獄の業火を引き延ばし空間に固定したもの。いくら我が主であっても、焼かれたらただでは済みません」

あっさりと説明するオプスに、何度目か分からない悪寒が走った。

どうしてそんな恐ろしいことを、あっさりと言えるのだろう。そしてそれに縛られているギリアムの苦痛はどれほどのものか。

「ふざけんじゃないわ……よ！」

迷いは一瞬だった。長く考えている暇はない——ギリアムを助けるためには。

私は指先ではなく、手のひらでもってその糸を摑もうとした。そう、赤い宝玉のある、右の手のひらだ。

「地獄の業火とやらなら、プルーヴとやらもただでは済まないでしょうね！」

石が糸に触れた瞬間、強い反発があった。ジュウジュウと聞いたことのない音がして、鋭い痛みと焦げ臭いにおいがした。

「イチカ！」

声をあげたのはオプスだった。

彼が一瞬にして糸を消し去ると、動きを封じられていたギリアムはその場に崩れ落ちた。

「大丈夫ですか⁉」

慌てて駆け寄り、声をかける。

ギリアムに意識はあるようだった。激しく咳き込む彼の首筋に、黒くて細いやけどの痕が刻まれていた。

「ギリアムさん、早く冷やさないと！」

だが、背後からすぐに引き離される。

「イチカ！　イチカ！　ああイチカ様なんてことを！」

オプスが、私の手から血が噴き出しても何食わぬ顔でいたあのオプスが、ひどく取り乱した様子で私の右の手首を掴んでいた。

彼は傷ついた宝玉に口づけると、驚いたことに涙をこぼした。

「わたくしとの繋がりを断とうとするなど……これがあれば、離れていてもイチカ様をすぐさまお助けできるというのに」

嘆くそのあまりに美しい様《さま》に、私は一瞬だけ見入ってしまった。けれどすぐに我に返り、我慢しきれずこの美しい男の顔をぶった。

「いい加減にして！　悪ふざけにも限度がある。これ以上誰かに危害を加えるようなら、私はどんな手段をもってしてもこの宝石を壊すから！」

私の剣幕に、オプスは驚いたようだった。

顔色の変わることのなかった男の呆けたような顔に、私はようやく一泡吹かせてやったみたいな気持ちになった。

「ギリアムさん！　しっかりして。すぐに人を呼ぶから。誰か、誰かー！」

私は部屋を飛び出し、助けを呼びに走った。

もしギリアムの身に何かあったら、私はオプスを――そして自分のことを絶対に許せないだろうと思った。

私を主と呼ぶ人の姿をした奇妙な魔導書。

彼から逃げ回っていては、この先も別の被害者が出るかもしれない。

この世界にいる限りは、もうオプスの好きにさせてはいけないと私は心に固く誓ったのだった。


ギリアムが他の部屋に運ばれていった後、私は彼の部下らしき男たちの手によって拘束された。

私がオプスの力を使って、ギリアムを害そうとしたと勘違いされたのだ。

「だから一人で尋問するのは危険だと申し上げたのに！　女、ギリアム様の身に何かあれば容赦しないぞ！」

「むしろ、これ以上悪さをする前に我々の手で葬《ほうむ》ってしまった方がいいのではないか？　ギリアム様はお優しすぎる。こんな小娘など最初から拷問でも何でもして口を割らせればよかったのだ」

少し背の低い男が苛立たしげに言う。

「だが、それでは命令違反に――」

その後も治療に参加することができない彼らは侃々諤々《かんかんがくがく》、手足を縛られ身動きのできない私の前で物騒な話し合いを続けた。

不穏な予感に冷や汗が止まらない。もしかしたらこのまま殺されるのかもしれないという予感で、体が震えて仕方なかった。

しかもこんな時に限って、私の言葉がショックだったのかオプスは反応一つしない。男たちの言葉が分かるということは、まだ私の中にいるのだろうが。

夜半過ぎに部屋に医者らしき男が入ってきて、ギリアムの無事を伝えるまで緊張の時間は続いた。

（た、助かった……）

その知らせを聞いて、心底ほっとしたのは、彼の身を案じていたからかそれとも自分の身の安全が守られたと考えたからか。

とにかくこれでこの気まずい空間から脱出できると思ったのだが、甘かった。

男たちが部屋を出ていき、私は例の背が低い男と二人きりで取り残される。

この男が見張り役に立候補した時、私は心底やめてくれと思った。なぜなら彼は、話し合いの中でしきりに私を始末するべきだと主張し続けていたからだ。

そして男が見張り役をすることを容認した他の男たちもまた、内心では私を始末してしまうべきだと思っていたのだろう。反対していた数人もまた、気まずそうな顔で部屋から出ていった。置いていかないでと叫びたかったけれど、私は口に布を噛ませられており悲鳴をあげることすらできなかった。

残された男と二人きりになると、部屋は信じられないほどしんと静まりかえった。

すると館のどこか遠い場所から、女の嬌声やベッドの軋む音が聞こえてくる。

その音を聞いて初めて、私はこの館が娼館であることを思い出した。昼間にあれほどそれらしい女たちを目にしたというのに、今日は一日で色々ありすぎてすっかり忘れてしまっていたのだ。

そんなことを考えていたからか、男の動きに一瞬反応が遅れた。

彼は乱暴に私の口に噛ませられていた布を剝ぎ取ると、剣ではなく腰に括り付けていた短いナイフをさやから抜いた。よく磨かれた刃物の刀身がろうそくの明かりできらりと光る。

思わず、私は後ずさった。とはいっても、手も足も縛られているので芋虫のようにしか動けないし、それほど距離を稼ぐことはできなかったが。

「へへ、こんな場所なんだし殺す前に味見ぐらいしても罰は当たらないよな？　ったくギリアムの旦那は厳しすぎるんだよ。規律規律また規律ってよう」

男の台詞は、さっきまでと少し違っていた。

私しかいないと思って油断したのだろう。彼の顔には取り繕わない下劣さがはっきり浮かび上がっていた。

「こ、こんなことしていいと思ってるの？」

悲しいことに、動揺した私はひどく月並みな台詞しか言えないのだった。こんなことを言っても男が改心するはずがない。

どころか、男の顔にはひどく嗜虐的な笑みが浮かんだ。

「昨日はよくもやってくれたな。あんた、迷い子なんだろう？　じゃあ国が守る義理はねぇし、あんたがいなくなっても誰も困らないってわけだ。忌々しいあの魔導書も、見つからなかったとでも言って売り払えば大金持ちよ。まったく、難儀なもんだなポーターなんて。魔導書に触れてなければただの小娘じゃねぇか。こんな地方の田舎領主殺しなんてどうでもいいと思ってたが、嬉しい誤算ってやつだなぁ」

私の恐怖を煽るように、男は間延びした声で言った。そしてペロリと、ナイフに舌を這わせる。

私は血の気が引いた。ホラー映画ならまだ我慢できるが、これが現実だと思うともう我慢の限界である。

どうにかして逃げ出そうと、縛られた手足を力一杯よじった。こすれた皮膚は破れて血が流れたが、そんなことは気にならなかった。それよりも今は、目の前の男から逃げ出したくてたまらなかったのだ。

「だれか！　助け――――」

助けを呼ぼうとしたが、それより先に片手で口を押さえられた。そしてその手が、器用にシュミーズだけを切り裂いていく。

恐ろしさは頂点に達し、これから何をされるのか想像して血の気が引いた。

こんな恐怖と屈辱を味わわされるぐらいなら、いっそひと思いに殺してほしいと思ったほどだ。

どうして私がこんな目にと、目尻から止めどなく涙がこぼれてきた。

その時だ。

「やめろ……」

それは、押し殺した男の声だった。

「誰だ！」

目の前の小男が、振り返って叫ぶ。

その瞬間、ろうそくの明かりが消えた。

「我が主への暴虐、許さんぞ……」

低く押し殺してはいるが、それは確かにオプスの声だった。

だが、その声がどこから聞こえるのか分からない。

「どこだ！　どこにいやがる！」

私の上から飛び退いた男が、ナイフを振り回す音が聞こえた。部屋の中は完全なる闇で、目の前の男の動きすらはっきりとは分からない。明らかに目の前の男は冷静ではなく、その刃がいつこちらに向かってくるかと気が気ではなかった。

「人間如きが、身の程を知れ！」

闇の中に、小男の悲鳴が響き渡る。

何が起こったのか、皆目見当がつかなかった。

けれど胃のよじれるような緊迫感の中で、私ははっと気がついた。

もしオプスが目の前の男を殺してしまったら、私は今以上にまずい立場に立たされるだろうと。

「オプス、やめて！」

ちゃんと声が出るかどうか不安だったが、闇の中にそう投げかけると男の悲鳴が止《や》んだ。

そしてまた、しんとした闇が落ちる。

妙だ。だって、先ほどまで聞こえていた女たちの嬌声も何も聞こえない。

「どうしてお止《と》めになるのですか？　まさかこんな男にまで慈悲を与えると？」

オプスの声は悲しげだった。先ほどまでとは打って変わって、まるで叱られた子供のような声音だった。

「いいえ。私はそんな聖人君子じゃない。保身のためだよ。この人が死んだら私の立場はもっと悪くなる。だからその人を殺したりしないで」

普通に喋っているつもりなのに、どうしても声が震えた。男にされたことを思えばひどい羞恥と屈辱を感じたが、だからといって殺していいということにはならないはずだ。

「せっかくお助けしたのに……」

どうして褒めてくれないのかと、オプスの声は私を責めているようだった。

この本は、本当に変わっている。

私を翻弄するような言動を取るくせに、そんな素直に言われてはまるでこちらが悪いような気がしてくる。

「でも……助けてくれてありがとう」

お礼を言うと、闇はひっそりと沈黙した。

顔も見えないし声も聞こえないが、照れているように感じたのは私の気のせいだろうか？

それから間もなく、治療を終えて意識を取り戻したギリアムが部屋の中に飛び込んできた。

どうやら見張りの男の悪行にはギリアムも手を焼いていたようで、私と二人きりでいると聞いて傷のことも構わず慌てて飛び起きてきたらしい。

ありがたかったが、同時に申し訳なく思った。なにせ彼にその傷を負わせたのは、オプスなのだから。

ちなみに部屋に明かりが戻ると、オプスの姿も幻のようにかき消えてしまった。

私に襲いかかってきた男は気を失って倒れており、あとは手足を縛られたままあられもない格好をした私が取り残されているだけだった。

ギリアムは私を見て慌てて目を背けると、またもパメラを呼んで私の世話をするように言った。

「まったく。ギリアムの旦那は私を小間使いか何かと勘違いしてんのかね」

バスタブは他のお客が使っているということで、私はパメラからたらいにお湯をもらってそれで体を拭った。


夜は娼館の稼ぎ時だ。昼間着替えさせられた時と違って何から何まで世話されるという状況ではなく、そのおかげで逆に人心地つくことができた。

たとえ相手が女性だとしても、今は誰かに触れられるのが少し怖い。

私は自分でも気づかないうちに、手のひらに埋め込まれた赤い宝玉を撫でていた。表面に横一本の傷が入った宝石は、相変わらず私と同じ温度で、なぜかひどく安心することができたのだった。

「さて。今日は着替えてとっとと寝ちまいな。やなことは忘れる。それが一番だよ」

パメラはそう言うと、私に新しいシュミーズを寄こし清潔な小部屋を一つあてがってくれた。

私の希望を聞き入れて、ベッドと木製のテーブルと椅子が一つずつ置かれただけの狭い質素な部屋だ。

けれど華美な家具が置かれていないその部屋の方が、ずっと落ち着くことができた。やっぱりドレスやシャンデリアなんて、私には似合わないのだ。

驚くほど忙しい一日が終わって、翌日目が覚めたのは昼だった。

明け方まで眠れないでいたのだから仕方ない。目を閉じるとあの小男が襲ってくるような気がして、いつまでも寝付けなかったのだ。

縛られていたせいでギシギシと軋む手足に鞭打ってベッドから抜け出すと、昨日は存在すら気づかなかったカーテンを開けた。歪んだガラスの向こう側に、やっぱり見慣れない街並みが広がっている。

「夢じゃ、なかったんだ……」

ぼんやりとしたまま、私は呟いた。

この二日ほど、ドワーフに出会ったり領主殺しの容疑をかけられたりと信じられないようなことばっかりだ。

もしかしたら夢なんじゃないかという希望も持ち続けてはいたが、時間が経つほどにその希望が小さくしぼんでいくのが分かった。

それからどれくらいぼんやりとしていたのだろう。こんこんとノックの音が聞こえ、私は扉の方を振り返った。

「どうぞ」

入ってきたのは、ギリアムだった。

彼は昨日と同じように、シュミーズ姿の私から目を逸らし、決してこちらを見ようとはしない。

「起きたのか」

「はい……」

狭い部屋に、何とも言えない沈黙が落ちた。

彼は部屋の四方に目を配りながら、困惑したような顔をした。

「パメラには客人として遇するように言ったのだが……すぐ別の部屋を用意させる」

「いえ、狭い部屋がいいと私がお願いしたんです。この方が落ち着くので……」

私たちの会話は、昨日より更に気詰まりなものとなった。

互いが互いに、遠慮しているのだ。私はオプスが彼を傷つけたことに引け目を感じていたし、ギリアムはおそらく昨日のことで責任を感じているのだろう。

「君には本当に申し訳ないことをした。俺の管理が行き届かなかったせいだ。あの男は罪人として王都に送ることになった。もう君の前に現れることはない。そんなことではとても償いきれないが……」

「そうですか……」

私は小さく相槌を打った。

怒っているのではなく、昨日のことを思い出すのが嫌だったのだ。あの男のことを思い出すだけで、体の震えが蘇ってくるようだった。

だから私は、一刻も早く昨日のことを忘れると決めた。

「本当に、申し訳ない！」

彼は、私に向かって勢いよく頭を下げた。

この世界でもそれが謝罪を表すジェスチャーなのだなと、私は場違いなことを思ったりした。

「頭を上げてください。ギリアムさんのせいじゃないです」

「だが……」

なかなか納得しそうにないギリアムを見て、私はあることを思いついた。

「申し訳ないと思うなら、私を領主殺し捜査の仲間に入れてください。オプスがいるってだけで、疑われ続けるなんてごめんです。疑いが晴れたら、改めてその謝罪をお受けします」

「それ、は……」

呆けたような顔で、ギリアムが私を見た。思いもよらない提案だったのだろう。

私も直前までは、まさか自分がこんなことを言うなんて思ってもいなかった。でも口に出してみると、それは悪くない考えに思えた。

「しかし、危険な任務だ。死人が出ているんだぞ⁉」

「分かっています。でも私には魔導書の力があります。何かの役に立てるかもしれない」

自在に使えるわけではないのでオプスをあてにはできないが、そうでも言わなければギリアムをその気にさせることはできないだろう。

領主探しの犯人とされる人物は、強力な魔導書の持ち主だという。もしその人物に話を聞くことができれば、オプスを制御する手掛かりが得られるかもしれない。

そして、オプスを従わせることさえできれば、きっと日本にだって帰れるはずだ。

私はどうしようもなく、魔導書に関する知識を欲していた。

それはこの世界の常識的なものではなくて、ポーターと呼ばれるその持ち主たちが持つ特殊な知識だ。膨大な力を持つ魔導書たちを、従わせる術《すべ》。

相手は殺人犯なのでそううまくはいかないかもしれないが、少なくともやってみる価値はある。

「それに、その犯人を捕まえない限り、私の疑いも晴れませんよね？　どこかに閉じ込められて見張られているくらいなら、捜査に協力して危険な目に遭う方がましです」

私の言葉に、ギリアムは複雑そうな顔をした。

きっと私の今後の扱いについて、苦慮していたに違いない。

自分の部下の不始末の被害者。だが一方で、領主殺しという大罪の容疑者でもあるのだ。

「……分かった」

長い沈黙の末、ギリアムは苦々しい表情で私の提案を受け入れた。

いよいよ危険な道に足を踏み入れているなと思いながら、それでも決して立ち止まるまいと私は心に誓った。

「ただし一つだけ、約束してくれ。俺たちの身分を詮索しないと」

苦々しい口調で言われた一言に、そんなこと言われたら余計に気になるじゃないかと思いながら私は頷いた。どうやら、彼らの身分はよほどのタブーらしい。

それから事件の概要を聞くという名目で、ギリアムといくつかのことを話し合った。

ギリアムが語ったのは、強力な魔導書によるものとしか思えない殺害現場の悲惨な状況と、魔導書が凶器だとすれば逆に犯人捜査が難しくなってしまう理由についてだった。

伯爵の死因は、体中に小さな穴が無数に開いたことによる失血死だったという。

日本なら――地球なら拳銃による犯行を疑うところだが、この世界にはどうも拳銃というものは存在していないらしい。

そして通常、魔導書の持ち主はその力の大小にかかわらず、自分の居住地を登録し遠出の際には国に届け出なければならないのだという。

そして国の記録では、今このリッツ伯爵領にそれほどの犯行が行える魔導書の持ち主は、一人もいないということになっているらしい。

ゆえに、ギリアムは偶然見かけた私の――というよりもオプスの力を見て、私が実行犯ではないかと疑いを持ったというのだ。

ちなみに、魔導書の持ち主でも国にきちんと登録していない者もいて、例えば国外からの流入者であったり、あるいは居場所を届け出ることのできない後ろ暗い者たちだという。

特にオプスの写本とされる闇の魔導書を扱う者にそれは多いそうで、私が疑われたのもまた当然の成り行きだったのだ。

「どうして闇の魔導書だと一目で判断がつくんですか？　例えば闇の魔導書の力だけ、他の魔導書とは著しく異なっているとか？」

私が尋ねると、ギリアムは少し驚いたような顔で言った。

「本当に何も知らないんだな……。いいか、魔導書には土、水、火、風、氷、光、闇の七種類の写本があるが、人間を傷つける魔法が使えるのは闇の魔導書だけなんだ」

「え……っ」

言われてみれば確かに、魔導書は人間が他の種族に対抗するために神から与えられたものだ。おとぎ話のようにも思えるその昔話を信じるなら、人間を傷つけられないという特性は理にかなっている。

けれどオプスは最初から、誰かを傷つけることに躊躇《ちゅうちょ》なんてしなかった。相手が亜人の時も、そして私に対してすらも。

どうしてオプスのような人間を傷つけることのできる魔導書が生まれたのだろう。

それを問うと、ギリアムは苦い顔をした。

「それについては学者の間でも意見が分かれてるんだ。それよりも今重要なのは、君の魔導書がその条件に該当しているということだ」

無意識なのか、ギリアムは負傷したはずの喉を撫でた。包帯の巻かれている首に思わず目がいって、申し訳ない気持ちでいっぱいになる。

それに気づいたのか、ギリアムは苦笑いを浮かべた。

「そんな顔をするな。君が命じたわけじゃないのは分かっている。だが、あの魔導書がとんでもない力を秘めているのは確かだ。『原始の魔導書』によほど近いのか、あるいはそのものかもしれない」

聞き覚えのある単語に思わず動揺してしまう。

「その『原始の魔導書』ってそんなにすごいものなんですか？」

するとギリアムはどう説明すればいいのかとばかりに頭を掻く。

「神の御手で創られたものだ。写本とは比べものにならん」

この言葉に、オプスがまさにその『原始の魔導書』なんて言えるはずもなく、私は黙り込んだ。

部屋の中に居心地の悪い空気が流れる。

ちなみにオプスによるギリアムの負傷は、想像したほどひどいものではなかったらしい。体の方も、服の下に革の防具を着けていたため、絡みついていた糸は皮膚にまで達していなかったとのことだった。

そして肝心のオプスはといえば、私の言葉に思うところがあったのか、あれ以来プルーヴから出てこない。

頭で問いかけても答えないのでどこかへ行ってしまったのかもしれないとも思ったが、私の言葉が通じているということはまだこの体の中にいるのだろう。

それがいいことなのか悪いことなのか判断がつかないまま、私の新たな生活はスタートしたのだった。


翌朝心配してやってきてくれたガンボに、私は丁寧にお礼を言いしばらくこの娼館に厄介になる旨を伝えた。場所が場所だけに心配されたが、ギリアムの捜査に協力するにはこちらに滞在する方が都合がいい。

「そうか。イチカが決めたんならそれでいいが、なんか困ったことがあったら遠慮なく頼ってくれよ」

親切にもそう言ってくれたガンボに深く感謝し、私は気持ちを引き締めた。ガンボの庇護下を離れたからには、あとは目標に向かってがむしゃらに取り組むだけだ。

静まり返る朝方の娼館でギリアムの部屋を訪ねると、そこには彼の部下が集められていた。ちょうどよかったとばかりに、部屋に招き入れられる。どうやら作戦会議をしていたらしい。

「数日後に、領主城で地元有力者を集めた夜会が開かれる。イチカは俺と一緒に、その夜会に参加してもらいたい」

領主殺しの犯人捜査に協力することになって、一番最初の任務がこれだった。

パートナー必須のパーティーで、元はこの娼館の娘に協力を依頼するつもりだったらしい。

「この世界の常識がない君では不安があるが……魔導書の力があれば自分の身ぐらいは守れるだろう」

どうやら、この決定はギリアムにとって苦渋の決断であったらしい。

依頼してきたその顔が、分かりやすく不安であると語っていた。

一方で、私がギリアムと一緒に夜会に行くと知った娼館の娘たちもまた、ひどく不服そうな様子だった。

「私が一緒に行くつもりだったのに！」

「あんたなんてだめよ。背が小さすぎてギリアム様と釣り合いが取れないでしょ」

「私だってお城に行きたかった！」

私に因縁をつけてくるのかと思ったら、その場で言い争いを始めた娼館の女たちに唖然としてしまった。

どうもこの館は、春をひさいでいるという悲壮感に乏しい。

昼間は女たちも生き生きとしていて、眠ったりおしゃべりしたりと思い思いの時間を過ごしている。

「はいはい、騒ぐのはそれくらいにして、イチカをこっちに連れてきておくれ。イチカ、あんたは夜会の準備だよ」

パメラに呼ばれ、準備とは何だろうかと恐る恐る彼女のもとに向かう。

連れていかれたのは、ピアノのある広めのホールだった。

どうして娼館にこんな場所があるのかと、不思議な気持ちになる。

「驚いたかい？　ここはもともとダンスホールでね。それを改装して娼館にしたんだ」

パメラが誇らしげに言う。

彼女の言うように、ホールの天井は高く、そしてその天井からは木製とはいえシャンデリアが吊り下がっている。

「あの、ここで準備ってまさか……」

嫌な予感に、私は身を強張らせた。

「あれ、聞いてないかい？　決まってるだろ。ダンスの練習だよ」

パメラの言葉は私にとって、判決を言い渡す裁判官のそれにも似ていた。

大体、夜会と言われた時から嫌な予感はしていたのだ。夜に集まって何をするのか。大体の場合、食事かダンスと相場が決まっているではないか。

日本生まれ日本育ちの私に、ダンスの経験などもちろんあるはずがない。

練習用の長いスカートを巻かれ、高いヒールの靴を履かされた。歩くことさえ難儀する高さだ。

「こ、これで踊るんですか？」

「そうに決まってるでしょ。さあ特訓だよ」

男性パートも女性パートもどちらも踊れるというパメラを相手に、よろよろしながら踊る。

伴奏は心得のある娼婦の一人が申し出てくれた。先ほどまで自分がギリアムと一緒に行くはずだったのにと悔しがっていた背の低い可憐な少女だ。コレットというらしい。

「あんた、ギリアム様の足手まといになったら承知しないから！」

そう言いながらも協力してくれるのだから、根はいい子なのだろう。

だがどこか幼さの残る彼女が娼婦という仕事をしているのだと思うと、私は何だかひどく落ち込んでしまうのだった。見るからに勝気そうな彼女に、そんなことを言えば怒りを買うに違いなかったが。

コレットはその細く小さな指で、ボロボロのピアノから美しい旋律を紡ぎ出した。

どうやら調律だけはしてあるらしく、聴いたことはないがゆったりとした優美な曲だ。

「ステップはこう！　1、2、3、1、2、3、心の中でテンポを取りながら、相手のリードに身を委ねて！」

パメラのレッスンは厳しく、練習は何時間にも及んだ。

ようやくぎこちないが何とか形になってきた頃、練習はお開きとなった。

「さて、そろそろお客様を迎える時間だ。コレットすぐに準備しな。今日はお得意様の予約が入ってるからね」

女主人はきはきとそう言うと、疲れなど一切見せずホールを出ていった。

鍵盤にふたをしてパメラに続こうとするコレットを、私は思わず呼び止めた。

「ご、ごめんなさい！　あなたが休む時間がなくなってしまって……」

私は彼女に心底申し訳なく思った。彼女がやりたかった役目を奪った上に、本当は休まなければいけない時間すら練習に付き合わせて浪費させてしまったのだ。

「な、何よ」

突然の謝罪に、彼女は驚いたようだった。まるで猫のように吊り上がった目が、大きく見開かれる。

「あの、ピアノすごく綺麗だった。本当にありがとう」

心を込めて礼を言うと、彼女はそばかすの残る白い肌をうっすらと赤く染めた。

「な、何よ。お礼なんかしたって許してあげないんだからね！　ギリアム様のお相手は本当は私のはずだったんだからっ」

「うん。私もあなたの方がお似合いだと思う。私はほら、特に可愛《かわい》くもないしダンスも下手だし。でも、ちょっと特殊な事情があって私が行くことになってしまったの。それを許してほしいって言うのもおかしいけど……」

私は、自分で何が言いたいのか分からなくなってしまった。

そして次の瞬間、私を衝撃が襲った。

――パンッ

頬をぶたれたと気づいたのは、驚いて床にしりもちをついた後だった。

「ふざけないで！」

コレットは、今度こそ怒りに顔を染めてホールを出ていってしまった。

取り残された私は、一体何が彼女の気に障ったのかも分からないまま、一人ぼんやりと高い天井を見上げた。


私の言葉の一体何がコレットを刺激したのだろうか。

そんなことを考えながら、私はホールに残りダンスの練習を続けた。

あの日以来、ダンスの練習にコレットは現れなくなった。パメラはいつもの気まぐれだろうとため息をついたが、私だけはそうではないと知っている。

その日からは曲なしでの練習になったが、初日に浴びるほど繰り返し聞いた曲は、すっかり頭にしみ込んでいた。

ステップも理解し、あとは体をその通りに動かすだけだ。

だが、残念ながらそれが一番難しい。

練習の日々は過ぎ、夜会はいよいよ明日になった。

そして私は今、おさらいとしてホールで一人、ステップの確認をしていた。時計がないので、もうどれぐらいここにいるのか分からない。

さすがにシャンデリアの火を灯すわけにはいかないので、私は下働きの人にお願いして手持ちの燭台《しょくだい》とろうそくを貸してもらった。

ゆらゆらと揺れる明かりはひどく不安定だ。

さすがにここまでしなくてもと、心の中に住む面倒くさがりな自分が言う。

だが、成り行きとはいえコレットの役目を奪ってしまったのだ。なのに頑張らなくていいのかと、もう一方の私が言う。

それに、部屋に戻ってもどうせやることは何もない。この世界にはテレビもないし、スマホだって圏外だ。電池を節約するため電源は落としてあるが、どうせそのうちそれも尽きる。

やることもないまま部屋にいたって、どうせ余計なことを考えてしまうだけだ。そう思って、私は夜中のレッスンを続けた。

「随分熱心ですね。あの男のためですか？」

不機嫌そうな声がして振り返ると、そこにはいつの間にかオプスが立っていた。

相変わらず神出鬼没な魔導書だ。私が襲われかけた晩以来、彼が姿を見せたのはこれが初めてだった。

内心で驚きつつも、私は彼の言葉に答えを返した。

「違う」

とりあえず否定したが、それ以上どう言っていいか分からない。

日本に帰る方法も見つからないうちに、おかしな事件に巻き込まれた今、何かをしていなければ不安なのだと言ったところで、きっとそんな気持ちは彼には理解されないと分かっていたからだ。

相手は人ではなく魔導書で、そして私を惑わし隙があれば殺そうとしている相手だ。

だが、どうしてか憎く思えないのだった。

それはきっと、この世界に一人放り込まれた孤独を、少なからず彼の存在が埋めていたからだ。

もちろん心細くてたまらないし、こいつのせいでと恨む気持ちもあるけれど、何かあったらオプスが助けてくれるとどこかで頼りにしているのもまた、真実だった。

「貸してください」

そう言うと、オプスは素早くその白い手袋に包まれた手で私の手を取った。

そのまま、彼は私を連れて軽やかにホールの真ん中へ進み出る。

一瞬にしてシャンデリアのすべてのろうそくに火が灯った。部屋の中がまるで昼間のように明るく照らし出される。

そして何より驚いたのは、身に纏っていた練習用の粗末な服が、所々に宝石の輝く目映《まばゆ》いドレスに変わったことだ。

夢の心地というよりも、驚きの方が優《まさ》っていた。あの血なまぐさい男がまさか、こんな風に力を使うなんて思ってもみなかった。

「あんたって、こんなこともできるのね」

オプスのリードに合わせて揺れながら、私は呆れたように言った。

するとオプスは、いつものわざとらしい笑みではなく、ほんの少しだけ、まるで何かを隠すように密やかに笑った。

ピアノがひとりでに曲を奏で始める。光るフロアに踏み出すステップ。

いつも相手がいると緊張して体が硬くなってしまうのだけれど、オプスに遠慮なんてするつもりはなかった。むしろ足を踏みつけてやるつもりで踊っているのに、彼の艶やかな革靴は何度やってもするりと逃げてしまう。

「その意気ですよ。イチカ様。縮こまっているだけなんてあなたらしくない。もっとわたくしを楽

しませてくださらなければ」

カツンと、私のつま先とオプスのつま先が擦れた。

「あんたを楽しませるつもりでやってないっての」

くるりと一回転。体が軽い。

曲はどんどんテンポを速め、それに促されるように私たちの動きも加速していく。

——気持ちいい。

踊っていて、そんな風に思うのは初めてだった。

いや、この世界に来て以来、こんなに気分が爽快なのは初めてだ。

するとオプスが、思わずといったように口を開いた。

「イチカ様はいつも、わたくしの想像を裏切ってくださいますね」

「え？」

一体何のことを言っているのか、分からず戸惑う。私はいつもオプスに振り回されてばかりで、むしろ想像を裏切られてばかりいるのはこちらだと思うのだが。

「今までの主《あるじ》は、わたくしのポーターであることを誇り、そして驕《おご》ってしまう方ばかりでした。どんなに崇高な考えを持っていようと、始まりの魔導書を持つということはそういうことなのです。人の虚栄心に火をつけ、そして狂わせてしまう」

そう語るオプスの顔は、何の感情も伝えてはこなかった。まるでそれが当たり前のことのように、ただ事実を淡々と語っているようだ。

「だが、イチカ様は容易くわたくしに頼らない。どころか疎んですらいらっしゃるでしょう？　それがわたくしには興味深く感じられるのです」

どうやら思わぬところで変態魔導書の歓心を買っているらしい。

だが、彼の言葉は間違っていると思う。

なぜなら助けを求めたい時にオプスは頼りにならないことが多く、更に困っていることの元凶がこの魔導書自身であることも多い。

言うことを聞く気なんて欠片もないくせに、頼られないと不思議がるなんてオプスの方が矛盾しているのだ。

「そりゃあ、あんたが頼りになる相手だったらいくらでも頼ってたわよ。でも引き換えに血や面白さを求めてくる怪しい相手を、どうやって頼りにしろっていうの？　それだったら、最初から期待しない方が楽だわ」

それが、偽らざる私の本音だった。

「頼れと言うなら、伯爵殺害の犯人について何か分かることはないの？　あんた全ての闇の魔導書の元締めなんでしょ？」

オプスの言葉を信じるなら、犯人の使う闇の魔導書もまた、オプスの写しであるということになる。

だが彼は何も答えることはなく、ただ感情を映すことのない透明な笑みを浮かべていた。世の女性が思わずうっとりとしてしまいそうな美しさだが、彼の本性を少なからず知っている身としてはまた何か企《たくら》んでいるんじゃないかとげんなりしてしまうのだ。

溢れかえるような音楽の中で、私たちはまるで争うように凶暴なステップを踏み続ける。

不安な夜は、そうして驚くほど騒がしく過ぎていったのだった。

第四章　領主城の夜会にて

そもそも、領主が死んだばかりなのにパーティーなんてしてる場合なんだろうか？

そんな当たり前のことに考えが至ったのは、夜会へ向かう馬車の中という土壇場の場面でのことだった。

「名目上は前領主を悼《いた》む会ということになっているがな。オーケストラを呼んで、招待客にも黒ではない正装で来いとのお達しだ。先代はよほど人徳がなかったらしい」

ギリアムはそう言って憂鬱《ゆううつ》そうな顔をした。

ドレスコードが黒以外ということで、今日の彼は濃紺のジェストコール姿だ。裾とボタンに金のモールがついていて、悼む会に向かう出で立ちとはとても思えない。だが、もともと華やかな容姿の彼には、その格好が驚くほどよく似合っていた。

私もまた、パメラたちの手によって盛装させられている。

小花があしらわれた黄色いドレス。ギリアムの目の色に合わせたとこっそり耳打ちされた時には、恥ずかしさのあまりどうにかなるかと思った。

そもそもこんな派手な色、日本ではほとんど着たことがない。パートナーとして不自然じゃないようにという理由があっても、私のような地味な人間では服に着られるだけだと思うのだが。

今日のためにとギリアムたちがどこかから調達してきた立派な馬車に乗せられ、領主城へと続く道を揺られていく。

道の舗装は完全ではないらしく、馬車はひどく揺れるのだった。

「今のうちに容疑者を教えておこう」

気を取り直したように、ギリアムが言った。

彼は慣れているのか、馬車が揺れてもバランス感覚でもってうまく衝撃を逃がしている。

私は壁にある凹凸に摑まりつつ、彼の話に耳を傾けた。

「まずは、領主の一人息子であるアドルフ・リッツ。前リッツ伯爵の一人息子だ。父親の喪が明けると同時に、伯爵位は彼が相続することになっている」

「一人息子なら、わざわざ殺す必要はないんじゃないですか?」

黙っていても、いつかは伯爵位が転がり込んでくる身の上だ。わざわざ実父を殺すような危険を冒すとは考えづらい。

「あくまで容疑者の一人というだけだ。だが、息子は出来が悪く普段から父親と対立していた。喪が明けていないにもかかわらず夜会を開くところからして、息子の方も父親をよくは思ってなかったのだろう」

だとしたら、心の痛む話だ。

いくら不仲であったとはいえ、父の死をまるで祝うようにパーティーを開くなんて。

「二人目が、前領主の妻でアドルフの母、フェリシア・リッツだ。彼女はまあ、良くも悪くも貴族らしい妻といったところか」

「というと？」

「親の決めた相手と結婚をし、跡取りを産んだ後は恋人を作る。おそらく夫婦仲は冷え切っていただろうな」

どうも、前領主は家族との間にいくつもの問題を抱えていたようだ。貴族ではよくあることのようだが、夫がいるのに恋人を作るというのは私には理解できない価値観だった。

「そして最後が、家令のグスタフ・ディレク」

「家令？」

「主人が留守の間などに、家中の一切を取り仕切る使用人頭といったところか。領主から多くの権限を与えられている。特に領地に常駐させる家令であれば、領地運営にも関わる領主の右腕といったところか。だが領主城で働く娘が、彼と領主とが言い争いしているところを見たという」

「へぇ……」

血縁ではない人の名前が出てきたと思ったら、重要なビジネスパートナーというわけだ。

「以上が、動機のありそうな人物というわけだ。だが、実行犯は別にいると思われる。貴族は生まれた時に魔導書の適性があるかどうか調べられるからな。国に届け出ないということはありえない。貴族でないグスタフならあえて隠している可能性もあるが、彼は年がいっている。魔導書を行使するのには体力を使う。彼自身の犯行とは考えづらいだろう」

ギリアムの言葉に、そういえばオプスが何かをやらかした後はいつも体がだるいということに思い至った。

まあ言われてから気づく程度なので、手のひらに石を埋め込まれるよりは全然大したことないのだけれど。

そしてちょうど話し終えたタイミングを見計らったかのように、ガタンと音を立てて馬車が停まった。

一応ギリアムの部下も様々な方法でこの会場に潜入しているらしいが、少なくとも今ここにいるのは私たち二人だけである。

何が起こるか分からないのだから、気を抜かないようにしなくては。

私は月に照らし出された領主城を見上げて、ギリアムの足を引っ張らないよう気合を入れ直したのだった。

城の中は、まさしく舞踏会と呼ぶにふさわしかった。

ガラスでできた重そうなシャンデリアが天井につるされ、ホールの中は思い思いの服装で着飾った男女でごった返している。

オーケストラが奏でる生演奏に合わせて、まるで花が開くようにクリノリンで広がったスカートが揺れる。

「わぁ……」

そのあまりに華やかな様子に、思わずため息が漏れた。

この城の主は亡くなったばかりと知ってはいても、とてもそうは思えないような光景だ。

出席者には軽食や飲み物がふんだんに振る舞われ、庭園には炎を吐いたり軽業を見せる芸人までいた。

「ギリアムさん」

「何だ?」

「パーティーって、これが普通なんですか? とても豪勢というか、随分お金がかかってるなって感じがするんですけど」

　私の質問に、ギリアムは奇妙な顔をした。

「君は……何というかあれだな」

「あれって何ですか？」

　彼の言葉の意味が分からず、首をかしげる。

「いや、君ぐらいの年齢の女性なら、パーティーに来れば皆はしゃぐものかと思っていた」

　そう言われて、今度は私が奇妙な顔をする番だった。

　今までギリアムとパーティーに来た娘たちはそうだったんだなとか、多分私の年齢を勘違いしているギリアムに言われてもとか。

　だがそんなことに真面目に反論するのも馬鹿馬鹿しかったので、私は気を取り直すようにゴホンと咳をした。

　そして周囲に聞こえないよう小声で彼に囁きかける。

「はしゃいでる場合じゃないって、一応弁《わきま》えてますから。それで、さっき言ってた人たちはどこですか？」

　するとギリアムもまた気持ちを切り替えたのか真面目な顔になり、人の集まる一角をそれとなく示した。

「まず、あそこで顔を真っ赤にしているのが息子のアドルフ」

会場の最奥部に近いところに、ワインのたっぷり入ったグラスを持つ恰幅のいい男が立っていた。息子というから若い男を想像していたが、見た目は三十過ぎぐらいに見える。

「それと……」

そして彼にエスコートされるまま会場を横切ると、次は少し年かさの女たちが集まる一角があった。まるでオブジェのように高く髪を結った女性や、ありえないほど大きく広がったスカートの女性など、ド派手な装いに私は驚くばかりだ。

「奥にいる、すみれ色のドレスの女性が妻のフェリシア」

フェリシアは、夫を亡くしたばかりであることなど嘘のように、にこやかに招待客の相手をしていた。その胸元は大きく開いていて、白く形のいい谷間が目に眩しい。

こちらは息子とは逆で若々しく、さっき見たアドルフと夫婦でもおかしくなさそうな見た目をしていた。

「そ、それでだな」

しばらくフェリシアを観察するのかと思っていたら、ギリアムが私の背中を押して無理やりその場から離れようとする。

何を焦っているのかと思ったが、周囲を見て納得がいった。

女たちは貴公子然としたギリアムとダンスを踊りたいのか、熱い視線でじりじりとこちらとの距離を詰め始めていたのだ。

結果、彼女たちを振り切りながら移動するため、私たちは踊る人々の中に紛れた。

いよいよ練習の成果を見せる時だ。

仕事だと割り切っているのか、ギリアムは私のシュミーズで動揺した時とは全くの別人のようだった。エスコートをそつなくこなし、ダンスのリードも申し分ない。

「ダンス、お上手なんですね」

一体何者なんですかという問いを、私はとっさに呑み込んだ。

素性を詮索しないというのが、捜査に協力する上で決めた彼との約束でもあった。

「まあ慣れているからな。君もその……とても上手だ。全く踊れないと言っていたのに、嘘だったのか？」

ギリアムが少しだけ照れ臭そうに言った。

そうしていると、完璧な貴公子然とした表情が崩れて、いつもの好青年っぽい雰囲気が顔を覗かせる。

だが、その瞬間ジェストコールの立てた襟から巻かれた包帯が少しだけ覗いて、私にどうしてもオプスの凶行を思い出させた。

昨日のようにダンスに付き合ってくれる優しいオプスと、誰彼かまわず傷つけようとする恐ろしいオプス。

どちらが本当の彼なのか分からなくなり、ステップを踏みながらも気持ちはどんどん重く沈んでいった。

その後、踊って移動しても結局は逃げられないことに気づき、ギリアムは熱い視線を送ってきた令嬢たちと踊る羽目になっていた。

私はといえば彼女たちの勘気に触れないよう、ご不浄へと言ってその場を辞する。ついでに、奥でパーティーを取り仕切っているであろう家令のグスタフを、どうしても一目見たいと思った。

別に見たところですぐに犯人が分かるというわけでもなかったが、せっかくここまで来たのだから手掛かりの一つも欲しいところだ。

ホールから出て、しばらくは使用人がいそうな場所を目指してうろついたが、しばらく歩くと全く人気《ひとけ》のない場所に出てしまった。みんな夜会に集まっているのか、暗い廊下はしんと静まりかえっている。

「すいませーん。誰かいませんかー？」

少し大きめの声で呼びかけてみるが、返事はない。

「誰もいないみたいね」

「お困りですか？」

声をかけてきたのは、使用人でも何でもなく、見知った相手だった。

「突然出てきたら驚くでしょ」

そこに立っているのは、燕尾服姿の美しい男だ。語彙の少ない自分が悲しくなるが、彼を言い表すのに最も適当な言葉がそれなのだから仕方ない。

「なぜそう不機嫌そうになさるのです？　イチカ様がお困りだと思い出てまいりましたのに」

心底不思議そうに、彼は言った。

どうやら怒られる理由に思い当たる節がないらしい。

確かに助けてもらったり昨日も一緒にダンスを踊ったりしたが、それだけで彼に対する警戒を緩めることはできないのだった。だが、それをそのまま伝えたところでこの男には理解できないだろう。


身近にいると、痛いほど感じる。

彼は人間とは別の理《ことわり》の上で生きているのだ。

「まあ、いいわ。元の場所に戻るから――」

手伝ってという言葉は、口から出ずに消えてしまった。

なぜなら、突然オプスが私を抱えて何かを避けたせいだ。

「な、なに⁉」

驚いて舌を噛みそうになる。

すると、廊下の向こうからこつこつと足音が聞こえた。オプスは何も言わず、じっとその音のする方向を睨みつけるばかりだ。

やがて、ろうそくの明かりに照らされてうっすらと人影のようなものが見えた。

「ほう、よく避けたもんだ」

その声から、相手は若い男性だと分かった。ただ、声に聞き覚えはない。黒いマントのせいで顔や服装はよく分からなかった。

だが、そんなことは重要ではない。大事なのは、彼の手には、分厚い本が開かれた状態で置かれているということだ。

さすがの私も、その本にはぴんときた。

「まさか、魔導書！」

オプスが、私をかばうように前に出る。

もしかしなくても、この城の中で魔導書を持っているということは領主殺しの犯人だろう。体格からして息子のアドルフではないだろうし、男性なのでフェリシアも容疑からは外れる。

だが、相手は若い男性だ。年長者と聞いた家令のグスタフとも条件が合わない。

「エンチャント！」

相手がその言葉を皮切りに呪文らしきものを唱える。

すると相手が開いている魔導書から、黒い弾のようなものが飛び出してきた。

それはものすごい速度で、私たちに迫ってくる。先ほどオプスが突然避けた理由は、これだったのだ。

彼は再び、私を抱えて横に跳ぶ。弾は重いドレスの裾をかすって、空気を切り裂きながら後方へと飛んでいった。少しして、遠くで壁の欠ける音が響く。

「やめて！　もし誰かに当たったりしたら！」

いくら人気《ひとけ》がないとはいえ、この城は夜会の最中なのだ。

私のように迷った招待客が、偶然ここに居合わせてしまわないとも限らない。

「はは！　他人のことを気にしている場合？」

相手の言う通りだった。オプスは私を抱えて弾を避け続けているが、その状態が長く続かないであろうことは明らかだった。

なぜなら廊下を飛ぶ弾の数は、どんどん増えていたからだ。一度壁に着弾した弾も、再び飛び出してきては私たちを狙ってまた飛んできた。

躊躇のない敵意。

初めて会った領主殺しの犯人は、明らかに私たちを殺すつもりのようだった。

「オプス、あの人を止めて。このままじゃ……」

「よろしいのですか？　今度こそ、私はあの男を殺してしまうかもしれませんよ？」

不思議そうな顔で問いかけてくるオプスに、私は頷くことができなかった。

もう少しで死んでしまうかもしれなかったギリアムのことを思い出す。

たとえ領主を殺した犯人でも、そいつを殺したら私たちだって同じ殺人犯だ。

そして、その逡巡《しゅんじゅん》が一瞬の勝負を分けた。

「……っ」

突如動きを止めたオプスが、苦しげに呻いたのだ。

一体何が起こったのかと、訳が分からず私は混乱した。

「へえ、一発で霧散しないとは、君の魔導書は随分と性能がいいんだねぇ。よっぽど古い写本なのかな」

行き交っていた弾丸が、全て動きを止めた。空中に浮かぶ黒い小さな弾たちは、重力を無視してその場に静止している。

「いいねえそれ。俺にくれよ」

「それ……？」

「その魔導書だよ。あんたのなんだろ？」

まるでオプスを物のように言う犯人に、嫌悪感が湧いてくる。

何でだろう。オプスの見た目は人と変わらないのに。そりゃあ常識がなくって残酷なところもあるが、私に怒られて落ち込んだりする感情だって備わっているのだ。

「そんな、渡せるわけないでしょ。オプスは私の〝物〟なんかじゃない。自分の意志で行動しているんだから人間と一緒なのに！」

言い返すと、途端に弾丸の動きが再開した。

もう私を抱え上げることができないのか、オプスは突然私を抱きしめると、自らの身を盾にして私への被弾を防ごうとする。私はどうして彼がそんな風に私を守ろうとしてくれるのか、不思議だった。

森でのことを思えば、オプスなら簡単に相手を倒すこともできそうな気がする。もし私がいることで彼の足を引っ張っているなら申し訳なく、そしてもどかしかった。

本当ならこんな相手、あっという間に倒せてしまうくせに。どうして身を挺《てい》してまで、私を庇ってくれるのか。

いつも意地悪ばかりのオプスの思わぬ対応に、私自身も戸惑っていた。

「おやおや、健気《けなげ》なことで」

「オプス！」

黒い弾が空気を切る音と、それが柔らかい肉に着弾する音。

そしてそのたびに低い呻きが聞こえた。

何をしても困った顔を見せなかったあのオプスが、今は余裕のない態度で冗談の一つも言わない。

「やめてオプス！　こんなことをしていたらあなたが」

「はは！　魔導書がだめになったら次はあんただぜ？　おとなしく渡しとけば命だけは助けてやるよ」

男の申し出は、私にとって検討する余地のないものだった。

いくら命が危ないとはいえ、こんな風に必死に私のことを守ろうとしてくれるオプスのことを、

そう簡単にあんな危ない相手に渡せるわけがない。

もしあの男の物になったら、きっとオプスは悪いことをいっぱいさせられるのだろう。領主を殺すような相手だ。きっといい使い方はしてもらえないだろう。

ギリアムは言った。闇の魔導書は七つの魔導書の中で唯一、人間を傷つけることのできる魔導書だと。

オプスはその中でも特に力を持った、原始の魔導書だ。

あんな楽しそうに他人を傷つける相手に、渡していいはずがなかった。

なのに——……。

「それは、本当ですか?」

息も絶え絶えに、オプスが言った。

「本当って?」

男が問い返す。会話を邪魔しないようにするためか、再び弾は宙で止まった。

「私があなたについていけば、本当にイチカ様はお助けくださると?」

「あんた、何言って……っ」

衝撃的なオプスの言葉に思わず叫んだが、私の言葉はオプスの白い手袋に口を覆われたことで、容易くせき止められてしまった。

「へえ、自我まであるのか。本当に欲しいな」

「答えてください」

「ああ、約束は守るよ。お前を手に入れたら俺はそのお嬢さんを無傷で解放しよう。そもそも、魔導書なしに何かができるとは思えないしな」

あざ笑うように、男は言った。

そしてそうされても仕方のないほど、私はその場で圧倒的に無力だった。

「イチカ様。相手を刺激しないようにゆっくりとここから離れてください。ゆっくりとですよ」

噛んで含めるように、今まで聞いたことのない優しい口調でオプスは言った。

「わたくしは、イチカ様と出会えて嬉しかったのです。永《なが》い眠りから目覚めさせてくださった主人があなた様でよかった。お付き合いはできませんが、どうかご無事で元の世界へお戻りください」

「そんなこと、できるわけ……っ」

反論しようとしたが、オプスのらしくない寂しげな笑みを見たら、とても最後まで口にすることはできなかった。

確かに私はどうしようもないほどに無力で、このまま意地を張っていたってオプスと共倒れになるだけだ。

それでも決断できない私のために、オプスが自ら犠牲になろうという。

彼にとって主を変えることは大したことではないのかもしれないし、ひょっとしたら怒ってばかりの私より好戦的な男の方が主としては適当と考えたのかもしれない。

けれど彼の寂しげな笑みを見ていると、間違ってもそんなことは言えなかった。

私はただ自分が無力だという絶望を呑み込んで、ゆっくりとその場を離れる他なかった。

「惨めなものだ。力のないポーターというのは。そして力のないポーターが主となった魔導書もまた、哀れなことだろうよ」

足を進めるにつれ、男のあざ笑うような声が少しずつ遠ざかっていく。

そして曲がり角にさしかかり、私はゆっくりとその陰に身を潜めた。

もう我慢できないほどにぼろぼろと涙がこぼれてきたが、私にはどうすることもできないのだった。

急いでホールに、ギリアムを探しに戻ろうとする。

犯人と思《おぼ》しき男がいたこと。そしてオプスを奪われてしまったということ。

領主殺しの犯人を捜している彼に伝えれば、何か力になってもらえるかもしれないと思った。

だが悲しいことに、事はそう簡単には進まなかった。

その事実に気が付いたのは、人通りのある場所についてすぐのことだった。

「――――――?」

話しかけてきた紳士に、私は思わず動揺する。見覚えのある相手ではない。ひょろりと細身で、顔は少し狐に似ている。

私が動揺してしまったのは相手の見た目ではなく、その言葉がまったく理解できなかったからだった。

（そうだ、オプスがいないから……）

その事実に思い至って、収まってきていた涙が再び溢れ出した。

話しかけてきた男性は慌てるし、何事かと周囲の人も集まってくるしで、私はパニックになった。

誰とも言葉が通じない。意思の疎通ができない。それがどんなに恐ろしいことか、今になって思い知らされたのだ。

彼らがみんな、領主殺しの仲間のように思えた。

華やかなドレス。楽し気な踊り。遠くから聞こえる笑い声。

思わず、私はその場から逃げ出した。ギリアムを探さなければならないのに、気が付けば人のいない方へいない方へと。

誰にも会いたくなくて、いつしか庭園に飛び出していた。

大道芸人たちは引き揚げたのか、広い庭園は松明《たいまつ》がぱちぱちと燃える以外、ひっそりと静まり返っている。

「逃げてる場合じゃ、ないのに……」

私は木陰にうずくまり、濡れそぼった顔をドレスの裾でぐしぐしと拭った。

出がけにしてもらったメイクは落ちて、きっとひどい顔になっていることだろう。

手のひらのプルーヴはそこにあるものの、冷たい宝石になってしまっていた。その冷たさがオプスの不在を訴えかけてくるようで、心細さに拍車がかかる。

庭園からは、ホールの様子がよく見えた。

シャンデリアに灯された明かりの中、楽しそうに踊る人々。そしてうっすらと聞こえてくる談笑の声。

あそこに戻らなければと思うのに、さっきのようになったらどうしようとの見えない不安が私を苛《さいな》む。

その時だ。

大きな手が、背後から私の口をふさいだ。

驚きのあまり、私は舌を噛みそうになった。まさか領主殺しが私を殺しにやってきたのかと、体ががたがたと震える。

だが、その手の持ち主は思わぬ人物だった。

人のものではない——大きな手。そして小さな背丈。

私の前に現れたのは、なんとガンボだったのだ。

彼はゆっくりと手を離すと、何かを問いかけてきた。

しかし当たり前のように、彼の言葉も分からなくなっている。

私はジェスチャーで、必死にオプスがいなくなったことを伝えた。

ガンボは私が迷い子であることを知っているので、オプスの不在によって言葉が分からないということも、すぐに察しがついたようだ。

彼は少し考える仕草をした後、私の手を引いてどこかへ連れていこうとした。

私はギリアムのところに戻らなければと思いつつも、ホールに戻るのは恐ろしく、ついガンボに促されるまま城を後にしたのだった。


どこをどう歩いたものか、ガンボに続いて城の近くにある穴から地中に入ると、魔法のようにすぐにガンボの家に着いた。

きっとこんなこと、人間は誰も知らないのだろう。知っていたら、あの穴を放っておくはずがない。なにせ、穴を通れば簡単に領主城に兵を送り込むこともできてしまう。

ガンボは終始無言だった。話しかけても、私を怯えさせるだけだと思ったのだろう。

実際、その時の私はひどい有様だった。涙で化粧は落ちているし、ドレスもよく見れば弾丸の攻撃にさらされたのか所々穴が開いている。

黙って歩きながら、私はオプスと別れ際に交わした会話を思い出していた。

意地悪ばかりだったくせに、急にしおらしく私の無事など願って見せた彼。

この世界に連れてきたのはオプスのくせに、無事に帰ってほしいなんて笑ってしまう。

それなら自分が責任をもって、ちゃんと送り返してくれればいいのにと、そう願わずにはいられなかった。彼が側にいないことが、こんなにも心細くてたまらない。

ガンボの家には、先客がいた。

それはどことなくガンボの面影があるドワーフの女性と、彼女の子供らしき赤ん坊だった。

驚いている間もなく、来客に驚いたのか赤ん坊が泣き始める。

赤ん坊は、ガンボや女性とは似ても似つかない金色の髪をしていた。どこかで見た色のような気もしたが、残念ながら思い出すことはできなかった。

疲れ切った私は女性の手を借りて何とかドレスを脱ぐと、へとへとになりながらも寝床に入った。

もちろん女性とガンボの関係も気になったが、身も心も疲れ切って本当にそれどころではなかったのだ。

一方、二人は言葉の通じない突然の来客を、ちっとも嫌がらず歓迎してくれた。そのことが申し訳なく、そして同時に嬉しくもあった。

翌朝目を覚ますと、とんでもないことが起きた。

まるで雷が落ちてきたかのような爆音で叩き起こされ、何事かとベッドを抜け出してみれば、なんとそこには昨日別れたはずの魔導書が浮かんでいたのだった。

「何だ何だ？　すげぇ音が聞こえたが」

「あら、本が浮かんでるわ」

「おぎゃ――――!!」

そう広くはないガンボの家が大混乱になった。

信じられない思いで私が尋ねると、本はたちまち人の形になった。見覚えのある、例の燕尾服姿のオプスだ。

「オ、オプスなの……？」

「はい。あなたのオプスキュリテが、ただいま戻りましたよ」

黒髪の美男子が、晴れ晴れとした笑顔で言った。

一方で私は、どんな反応をしていいか分からず困惑した。まるで今生《こんじょう》の別れのような愁嘆場《しゅうたんば》を演じたのは昨日だと言うのに、彼の顔を見ると全てが馬鹿らしくなった。

一瞬偽物なんじゃないかとも思ったが、今私がガンボの言葉が分かるという時点で、彼が正真正銘オプスであることは間違いなかった。

何より、手のひらの宝石が今はほの温かい。やっぱり彼は間違いなく私の魔導書なのだ。

「どうですか？　一晩離れて、わたくしのありがたみを痛感しましたか？」

オプスが意地悪な笑みを浮かべて言う。

やれやれと、私たちの関係を知っているガンボは呆れているようだった。赤ん坊は母親にあやされ、今はおっぱいをもらっている。

返事の代わりに、私は少しだけ地面から浮いているオプスに抱き着いて、地上に足をつかせた。

なんとなく、彼が自分と同じ地面に立っていないことに無性に腹が立ったのだ。もちろん、あっさり帰ってきてとか私の涙を返してとか、言ってやりたいことはいくらでもあった。

でも今は、オプスが無事に戻ってきてくれて心底よかったと思う。

それは言葉が通じないからとかそんな理由ではなくて――でもこの感情を説明する言葉を、今の私は持たなかった。

ただただ体が震えた。この気持ちが喜びなのか、それとも怒りなのか、その判断すらできないほどだった。

ただ私の中で荒れ狂う感情を、ひたすらに噛みしめる。

抱きしめても熱くも冷たくもない。人ではない魔導書。

けれど今確かに、彼が目の前にいる。

「イチカ様……」

オプスは呆然と呟いた。

まさか抱き着かれるとは思っていなかったらしい。

普段はこちらが驚かされてばかりいるから、オプスが驚く様子を見るのは楽しかった。

「ああお二人さん。赤ん坊が見てるんでほどほどにな」

それから少しして、私はガンボに注意されて飛びのくことになった。彼は出会ったばかりの険悪だった私たちを知っているので、そうやって注意されるのは余計に気恥ずかしかった。

「とりあえず、朝ご飯にしましょ」

そう言っておいしそうなスープとパンをごちそうしてくれたのは、ドワーフの女性――ガンボの妹のノーマだった。

顔が少しだけ似ているのでそうかもしれないとは思っていたが、言葉が通じるようになってようやく確認することができた。ちなみにあの赤ちゃんはノーマさんの息子で、名前はエルメスというそうだ。

さて、食事が終わってひと段落すると、一度情報を整理しようということになった。

まず最初に、オプスに昨日別れてから何があったのかを尋ねる。昨日はたくさんの弾丸を浴びて息も絶え絶えの様子だったが、そんなの嘘のように今は元気そうにしていた。

昨日のことは夢だったのだろうかと、思わず自分のほっぺたをつねる。だが間違いなく痛いし、そもそも夢だったら城で出会ったはずのガンボの家にいるのはおかしいだろうと自分を納得させた。

「わたくしがあれしきの相手に負けるわけがないでしょう。面白そうなのでついていっただけですよ」

まるで嘲るように、オプスが言った。

こういうところはちっとも変わっていない。

昨日本気で泣いた私は、本気でカチンときた。

「だって辛《つら》そうにしてたじゃない！」

「あれは以前向かってきた騎士を参考にしたのです。そもそも本のわたくしに、呼吸など必要ありませんから」

そう言われてしまっては言葉がない。相手がいつも呼吸してるかしてないかなんて、いちいち確認しないだろう普通。

「だからってそんな……」

もっと言うべきことがある気がしたが、急に力が抜けてしまった。

ここで私が何か言ったところで、オプスはきっと変わらないんだろう。

けれど、彼が戻ってきてくれてほっとしたのは本当だし、悲しみや悔しさが理由ではない涙が、溢れそうなのも本当だった。

ああ本当に、この世界に来てから泣いてばかりいる。

日本での単調な毎日では、泣く理由なんてめったに見つけることはできなかったのに。

だが、ここで泣いてしまっては話が進まない。

「それで、私と別れてから何があったの？　できるだけ詳細に説明して」

私が命じると、オプスはまるで英雄譚を語る吟遊詩人のように、危機感など全くない語り口で昨日の出来事を話し始めた。

「イチカ様と別れた後、わたくしは本の姿に戻りあの男の手で、城の奥へと運ばれました」

どうやらオプスは、魔導書の姿に戻っていたようだ。

「私を欲しがるなんてどれほどの能力者かと期待しましたがね。あれはつまらない俗物ですよ。何せ命令されて魔導書を扱うような小物です」

皮肉たっぷりのオプスによれば、あの男はやはり領主殺しの実行犯であり、それを命じた犯人が他にいるようだった。

「あんな年寄りに媚びへつらうなんて、呆れてしまいましたよ」

オプスは理解できないとばかりにため息をついた。

一方で私はといえば、オプスの〝年寄り〟という発言にひっかかりを覚える。

領主の息子のアドルフも、そして妻であるフェリシアも見た目はとても年寄りとは言いがたい。

容疑者の中でその言葉に該当する人物がいたとしたら、それは家令であるグスタフただ一人だ。

「まさか、領主殺しの犯人は家令のグスタフ・ディレク、なの……?」

私の呟きに、反応したのは予想外の人物だった。

「グスタフさんはそんなことしません！」

反論の主は、驚いたことに赤ん坊を寝かしつけていたはずのノーマだった。

「ノーマ⁉　お前どうしたんだ突然」

ノーマとガンボが大きな声をあげたことで、彼女の息子も驚き泣き出してしまう。

彼女は慌てて息子を抱き上げると、もう一度寝かせるべくあやし始めた。

そういうわけで、彼女の叫びの理由を知るのにはしばしの時間が必要だった。


泣きつかれてエルメスが眠ったのを機に、私たちはノーマから話を聞くことになった。兄であるガンボも当然ながら同席し、彼女がこの家にいる経緯を教えてくれた。

「ノーマは、ちょっと前まで領主さんの城に勤めちょったんだ。んだが、突然押しかけてきたと思ったら、赤ん坊を連れてるでねぇか。しかも父親は言えねぇって言うしよ。俺もほとほと困ってたんだ。イチカのことも心配してたんだが、赤ん坊の世話でなかなか家を離れらんなくてよぉ」

聞いてみると、ノーマが城から戻ってきたのは私が娼館に行った日の何と翌日だったらしい。ちょうど入れ違いだったというわけだ。

なので、ガンボとしては街に私の様子をちょくちょく見に行くつもりが、そうもいかなくなってしまったという。

森の中でちょっと知り合っただけなのに、気にかけていてくれたガンボに私は感謝した。

娼館での暮らしもなかなかに大変ではあったが、ほとんどはダンスの特訓だったので初日のオプスとギリアムの事件を別にすれば危険はなかったと言える。

それにしても、ノーマはどうして赤ん坊の父親の名前を言えないのだろうか。

ガンボとノーマの髪は、大地と同じ焦げ茶色だ。輝くような金髪を持つエルメスくんは、間違いなく父親似だろう。

領主城に勤める金髪の人を探せば、案外すぐに父親が見つかりそうなものだが。

「あ、だからあの日ガンボはお城に？」

もしかして父親を捜しに来たのだろうかと水を向ければ、ガンボは気まずそうに頷いた。

「まあ俺もよ、妹をこんな状態で放っといてる父親なんていない方がいいと思うが、せめてどんな面《つら》か見てやろうと思ってよう。だけど日が悪かったみてぇだ。あの日はびっくりするぐらい城に人がいっぱいいて、金髪の男なんぞそれこそウジャウジャしとったから、結局諦めて帰ろうとしたところに偶然イチカを見つけたんだ」

しかしその偶然がなければ、私は今でも城の庭で途方に暮れていたかもしれない。

今の話を聞いてノーマは驚いた顔をしていたが、私としてはガンボが城にいてくれてよかったと心底思った。

（本当は、ギリアムさんも心配しているだろうから娼館に戻るべきなんだろうけど……）

昨日の出来事を思うと、街へ戻らなければという気が挫《くじ》かれる。またどこかにあの闇の魔導書使いが潜んでいて、いつ私たちに攻撃を仕掛けてくるかも分からないからだ。

「心配はご無用ですよ。相手がつまらないポーターだと分かりましたので、今度は遠慮なく迅速に退治してしまいましょう」

またも私の考えを読んだようにオプスが言うが、面白そうだからと敵についていってしまうような魔導書を、本当に信用していいのだろうかと私は悩んだ。

戻ってきてくれた時は嬉しかったが、それと信用できるかどうかというのはまた話が別だ。

それにしても、ノーマはどうしてそんな無理をしてガンボの家に戻ってきたのだろうか？

子持ちで物騒な城に残るのが不安だったという見方もできるが、いくら洞穴で繋がっているとはいえ、子供を出産したばかりの衰弱した状態で戻ってくるなんてあまりにも無茶だ。

「起き上がれるようになったのも、つい最近でよぉ。それまでやれ風呂だおむつだって俺があかんぼの面倒見てたんだぜ！」

さも面倒くさそうに言っているが、エルメスくんを見るガンボの目は間違いなく親ばかの目だ。今だって顔がにやけているし、さほど不快な思いはしていないらしい。

それが分かっているのか、ガンボの言葉にノーマも苦笑いを浮かべていた。

「兄ちゃんには、本当に世話になったと思ってるよ。具合がよくなったらすぐ出てくから……」

「馬鹿！　そんな寂しいこと言うな。俺たち家族でねぇか。いくら稼ぎが少ねぇっつってもよ、大切なお前らを放り出したりできっかよ」

温かな兄妹愛に、思わずうるっときた。

すると、何を思ったのか隣にいたオプスが私の顔を覗き込んでくる。

「イチカ様。このドワーフに泣かされたのですか？　殺しますか？」

ここでも機微が読めていないオプスの発言に、向かい合う二人はびっくりしていた。

私はちょうど手の届く位置に来ていたオプスの頭を、思いきり叩いた。息もしていない魔導書が、それでダメージを受けるかどうかは分からなかったが。

「いい加減にしなさいってば。そうやって何でもかんでも力で解決しようとしないで」

「分かりました……」

少しは反省したのか——は分からないけれど、とりあえずオプスは居住まいを正して黙り込んだ。

相変わらず読めないことだらけだし、警戒していないとまた何かやらかしそうな魔導書だ。

「二人ともびっくりさせてごめんね。こいつの言うことは気にしなくていいから」

私の苦笑いに、二人は顔を見合わせそっくりな空笑いを浮かべた。本当に申し訳ない。

「それにしても、ノーマさんはどうしてお城を出てきたの？　産後すぐに出歩くなんて危ないよ」

ガンボが聞きたくても聞けずにいることを、私は思い切って聞いてみた。

それは彼女の逃げてきた理由が、領主殺しと何か関係しているかもしれないと思ったからだ。

「それは……」

ノーマは深い苦悩の表情を浮かべると、ようやく寝付いたエルメスくんの眠るゆりかごをちらりと見た。

そのまま、それほど広くはない部屋の中に気まずい沈黙が落ちる。

「父親も言えねぇ逃げてきた理由も言えねぇって、お前は俺を信用してねぇんか⁉」

ガンボさんが顔を真っ赤にして叫ぶ。

どうやら私の質問は、ノーマだけではなくガンボまで刺激してしまったようだ。

「まあまあガンボさん。エルメスくんがまた起きちゃうから……」

私が止めると、ガンボはまだ言い足りないという顔をしながらも何とか口を閉じた。ノーマの顔には戸惑いと不安が交互に浮かび上がっている。

「そういえば、さっきグスタフさんが犯人じゃないと言ってたけど、ノーマさんはグスタフさんの知り合いなの？」

そうだ、領主殺しの犯人は家令のグスタフではないかと私がつぶやいたところに、急にノーマが否定の声をあげた。つまり彼女は、グスタフと面識があるということだ。

話題を変えたことで気が緩んだのか、ノーマは少しずつ語り始めた。

「私は五年ほど前からお城に奉公に出ていて、グスタフさんにはとてもお世話になりました。どんな時でも城の端々にまで目を配っていて、使用人みんなに尊敬されていたんです。私なんかでは言葉も交わせないような偉い人でしたが、たまに会うと挨拶してくれたし、困ってる使用人がいたら親身になって相談に乗ってくれていました」

ノーマの話は、私にとっては意外なものだった。

私はグスタフを、なぜか勝手に偏屈な老人だと思い込んでいた。生前の領主と言い争っていたという話を聞いたせいかもしれない。

「そうだったんだ。立派な人なんだね……」

だとすると、彼が領主を殺した可能性は低いのかもしれない。

オプスは犯人を〝年寄り〟と表現したが、そもそも彼の証言だって、信用できるとは言いがたいのだ。

オプスはいついかなる時も、私のことを試している。

だから嘘を言って私を翻弄し、捜査を混乱させるつもりなのかもしれない。

「失礼な。わたくしをお疑いになるのですか?」

黙っていたオプスが、再び口を開く。

もう間違いなく心を読んでいると確信したが、話が脱線してしまうので私はその言葉を無視した。

「でも、お城で領主が殺されたことは間違いないわけでしょ? グスタフさんじゃないなら、他の身近な人が犯人なんじゃ――」

私が言いかけたまま言葉をなくしたのは、ノーマがあまりにも悲しそうな顔をしたからだった。

大きな目からはぽたぽたと涙が溢れ、彼女の暖かそうな厚手のスカートを濡らしている。

「ノーマ、さん……」

「ノーマ⁉　どうした、どっか痛いんか？」

ガンボが尋ねても、ノーマは首を振って否定するばかりだ。

「ごめんなさい。私が、私が……っ」

彼女はこう言って泣くばかりで、どうしても事情を語ろうとはしなかった。

ガンボはノーマの涙に驚いたようで、見るからに狼狽《ろうばい》している。

それにしても、私の言葉の何がノーマの感情を揺さぶったのだろうか。彼女の言葉通り、犯人はグスタフじゃないという話をしていたはずなのに。

私は、彼女のためにも早く領主殺しの犯人を見つけ出すべきなのではないかという気がしていた。

彼女は明らかに、何かに怯えている。その原因は分からないが、時期的に見ても領主殺しと関係があるのは間違いない。

「なあ、イチカ……」

ひどくまいった様子で、ガンボが言った。

「お前ぇ、昨日城にいただろ？　綺麗なドレス着てよ。俺じゃあ中に入っただけで騒がれて金髪の男を探すこともできねぇ。悪いんだが、お前ぇ俺の代わりにエルメスの父親を捜してきてくれねぇか？」

彼の頼みは、予想外のものだった。

ノーマもそう感じたのか、驚いたように目を見開いて兄を見ている。

「そんな、捜すだなんて……」

「分かった」

ノーマの言葉を遮るように、私はガンボの願いを了承した。

私は彼女の泣き顔を見て、街に戻ろうと決意していた。

ガンボにも、すごくすごくお世話になった。

彼の役に立てるのなら、街に戻るのもそう悪いことじゃない。

もちろん、領主殺しのことはやっぱり恐いままだ。けれど、あんな恐ろしい相手が野放しのままでいいとは、とても思えなかった。

領主殺しは、初対面の私たちを躊躇《ためら》いなく攻撃してきた。その矛先は、次はどこに向けられるか分からないのだ。

彼の持つ魔導書は、人を傷つける力を持った恐るべき兵器だ。また狙われたらと思うと、当然恐ろしい。次こそは死ぬかもしれない。死ななくてもひどい怪我をするかもしれない。

それでも、このまま逃げたら、私はきっと後悔する。

なぜなら、その闇の魔導書をどうにかできるのもまた、同じ闇の魔導書であるオプスだけだろうと分かるからだ。

「イチカさん。危ないことはやめて」

潤んだ目で、ノーマが言う。きっと緊張の糸が切れたのだろう。彼女はなかなか涙が止められない様子だった。

「父親の名前を言えないのは、兄ちゃんやあなたたちに迷惑をかけたくないからなんです。知ったらきっと、後悔します」

「馬鹿言ってんじゃねえ。相手が誰でも、父親には責任を取らせるべきだ。こんな泣き寝入りみてぇなこと、お前ぇ《め》にさせられっか」

「でも、あの子の父親はもう……っ」

そう言って、ノーマが泣き崩れた。

私はどうしていいか分からず戸惑う。

それはガンボも同じようだった。泣き崩れるノーマの背をさすりながら、困惑した顔を隠そうともしない。きっと私も、同じような顔をしているに違いない。

母親の泣き声につられたのか、ゆりかごですやすやと眠っていたエルメスが、再び泣き始めた。

ただ一人オプスだけが、何でもない顔で微笑んでいる。

第五章　束の間の休息

ノーマが落ち着いた後、私はガンボに案内してもらい街へ戻った。

ドワーフの使う洞穴は迷路のようになっていて、やはり彼の案内なしにはどこにも行けそうになかったからだ。

「できるだけ、調べてみるから」

別れ際にそう請け負ったものの、ガンボの表情が晴れることはなかった。

「あんまり無理はしねぇでくれ。結局ノーマの奴は何も言わなかったが、もしかしたらエルメスの父親は、もう……」

不吉な予感を感じているのは、彼だけではなかった。だがそれも、捜してみなければ分からないことだ。

ガンボと別れて、私は娼館へと向かった。

市場まで来れば、道は何となく覚えている。

人型のオプスを連れて歩いていると、やけに人の視線を感じた。多くは女性たちの熱い視線だ。

そのせいで、娼館にたどり着く頃にはひどく気疲れしていた。

「今度から、街を歩く時は本の形になるか、プルーヴの中にいて」

思わず、そう頼んでしまったくらいだった。

前回のような当たり屋を警戒して人の姿でいてもらったのだが、そっちの方が疲れるなんて想像もしていなかった。

娼館の中に入ると、前回のように気だるげな娼婦たちによって出迎えられた。

彼女たちの内の誰かが知らせに行ったらしく、パメラがたゆんたゆんと大きな胸とお腹を揺らしながら転がり込んでくる。

「イチカ、イチカじゃないか！　あんたいったいどこ行ってたんだいっ」

すさまじい迫力に、思わず私は棒立ちになった。

そしてはっとする。

そういえば、ドレスをガンボの家に置いてきてしまった。穴ぼこだらけで動きづらく目立つからという理由で、ガンボの服を貸してもらったのだ。

大きい貫頭衣をベルトで縛っているので不格好だが、これならば街にも似たような格好の人がいるのであまり気にしていなかった。

「ごっ、ごめんなさい！　ドレスはその汚してしまって……弁償しますから許し――」

言葉が途切れたのは、突然パメラに抱きしめられたせいだ。

驚いたせいなのもあるし、その背中に回る二本の腕の力が、あまりに強かったせいでもある。

「馬鹿！　そんなこと言ってんじゃないわよ。ギリアム様が夜会でイチカがいなくなったって……何かあったかと心配するでしょ！」

その言葉に、私は虚を突かれた。

ほんの数日間、ダンスを教わっただけだというのに、彼女は私を心配してくれていたのだという。彼女は私の思う娼館の主とは、あまりにもかけ離れていた。

もっと――そう。冷たい人なのだと思っていた。

「イチカが戻っただって⁉」

次に走り込んできたのはギリアムだ。

そして後ろから、息を切らしてコレットが走ってきた。おそらく、彼女がギリアムに知らせてくれたに違いない。

少し癖のあるコレットの金髪が、ひどく乱れていた。ギリアムの前では、いつもあんなに気を使っていたのに、だ。

ギリアムは私の帰宅を手放しに喜ぶというより、どんな顔をしていいのか分からないというような、複雑そうな表情を浮かべた。その眉間には縦に深い皺《しわ》が刻まれている。

パメラから解放された後、私は恐る恐るギリアムに近づいた。彼の視線を見るに、オプスを警戒しているのは間違いない。

「ギリアムさん、すいませんでした」

何が、とは言わなかった。どう言っていいか分からなかったからだ。

ギリアムは厳しい顔を崩さないまま、私の顔を見下ろした。

「何があったか、説明してもらうぞ」

硬質な声。パーティーに一緒に潜入したことで少し親しくなった気がしていたが、私がそこから姿を消したことで彼に疑念を抱かせてしまったようだ。

もともと、私は闇の魔導書を持つポーターで、ギリアムにとっては第一容疑者と言える相手である。

そうなったのも仕方がないと諦めつつ、内心では少しの失望を感じていた。


女たちの目を避けるように部屋に入ると、意外なことにそこにギリアムの部下たちはいなかった。

「部下たちは部屋の外で待機している。もしもの時には迅速に外部に連絡が取れるようにするためだ」

私の表情を読んだかのように、ギリアムが言う。オプスもそうだが、私の表情はそんなに読みやすいのだろうか。

そして彼の言う〝もしもの時〟というのは、どう考えてもオプスがまた気まぐれを起こすかもしれないという〝もしも〟だった。

自分に何かあれば彼が所属する組織が黙っていないぞという迂遠《うえん》な言い回しであり、彼がある程度の規模を持つ組織に所属しているということを暗示していた。

用意された二脚の椅子に、向かい合って座る。もう一脚椅子を持ってこようかと尋ねたが、オプスは首を横に振ったのだった。

「ギリアムさんと別れた後、グスタフ・ディレクを一目見ようと城の奥へ進みました」

そして、突然襲撃を受けたこと。

相手はおそらく領主殺しの実行犯と思われる闇の魔導書使いだったということ。

そこでオプスを奪われ言葉が通じなくなってしまい、偶然出会った知り合いに保護してもらったということ。

話を黙って聞いていたギリアムは、私がそこまで語り終えると大きなため息をついた。

「まず、何から言えばいいのか……では、君たちは領主殺しに会ったと？」

「だと……思います。この近辺に、闇の魔導書の登録者はいないというギリアムさんの情報が正しいなら」

「相手が闇の魔導書使いだと判断した根拠は？」

「彼は――相手は若い男性のようでしたが、無数の小さな弾丸をこちらに向かって飛ばすことで攻撃してきました。城の壁にその跡が残っているはずです。私は魔導書がどういうものかまだよく分かっていませんが、人間である私を攻撃できるなら闇の魔導書だろうと考えました。確か、伯爵の体も無数の穴が開いていたのですよね？」

私の説明に、ギリアムの顔色が変わった。

それにしても、改めて何てひどい犯行だろうと思う。悲劇としか言いようがないし。

そして夫、或いは父がそんな非業の死を遂げたというのに、パーティーを開いて楽しんでいる領主家族の神経が本気で信じられないと思った。

「とりあえず、これで城内にまだ領主殺しの実行犯がいることは確定したわけだ。そしてそれは、若い男性だったと。顔は見えなかったのか？」

「すいません。暗かったので……」

「いや、君が謝ることじゃない。その魔導書はどうだったんだ？　君なら暗がりだろうと相手の人相を把握することぐらいできただろう」

警戒しながら尋ねるギリアムに、オプスは考えるように腕を組んだ。

「わたくしもあの男に魔導書としての機能を制限されておりましたのでね。ただ、連れていかれた場所に犯行を指示していたらしき御仁《ごじん》ならおりましたよ。闇の魔導書のポーターと違い、人間としては年がいっているように見えましたが」

「やはり実行犯とは別に、指示を出していた別の犯人がいると……」

オプスの言葉に、ギリアムは考え込むように黙り込んだ。そしてすぐ、何かに気づいたように顔を上げる。

そしてオプスを指さすと、嫌そうな顔をして言った。

「ちょっと待て。連れていかれたということはこの魔導書は一度敵の手に落ちたということか？ ならばどうしてここにいるんだ」

ギリアムの疑問は無理もない。私だって、オプスが戻ってきたことを未だに奇妙に思っている。

「その、今朝方《けさがた》ひとりでに戻ってきて――その」

どう説明したらいいのか悩んでいたら、当の本人であるオプスが事もなげに言った。

「あまりの俗物ぶりに呆れて舞い戻ったのですよ。領主殺しの犯人とさも恐ろしげに言うから期待していたのに、とんだ小物でした。あんな男、わたくしの表紙に触れることすらおこがましい」

一度捕まったくせに、オプスは言いたい放題だった。

「それじゃあお前は、イチカを置き去りにしてわざと犯人についていったのか？ 言葉が喋れなければイチカが困ると分かっていて？」

ギリアムがより鋭いまなざしでオプスをねめつけた。

「ご存じのはずでしょう？ わたくしは主を試す本。それぐらいしますよ」

にこやかに言うオプスに、ギリアムはいつもの上品な立ち居振る舞いを放棄し、自分の髪を掻き乱した。

「信じられん。一度主と定めたのなら、死ぬまで忠義を尽くすべきだろう！ それとも魔導書はそうではないというのか……」

オプスの言動の何かが、著しくギリアムの癪《しゃく》に障るらしかった。

それを見ても、オプスは相変わらず微動だにしない。ただ少し楽しそうに笑って、言った。

「ははぁ、忠義ですか。まるであなたは騎士のようですね。王に従うのはそれほど楽しいですか？まるで躾《しつ》けられた犬のようだ」

「……っ！」

そこから先のギリアムの動きを、私の目はとらえることができなかった。

気づけば彼はその腰にさしていた剣を抜き、力強くオプスに向けてそれを突き出していた。

だが、オプスは指先で軽くその剣先をつまんでいるだけなのに、ギリアムは押すことも引くこともできずただ怒りで顔を真っ赤に染めていた。

「ちょっとオプス！」

私が彼の服の袖を強く引っ張ると、彼は笑いながらプルーヴの中に吸い込まれていった。

とりあえずギリアムに怪我をさせなくてよかったと思いつつ、こんなギリアムと取り残されてどうしろというのかと私は泣きたくなった。

「すいません……オプスが」

私がぼそぼそと謝ると、ギリアムは再び大きなため息をついて剣を鞘に収めた。

「いや、私こそすまなかった。ダメだな。こんな風に感情に振り回されていては」

ギリアムが小さく小さく苦笑したので、私はようやく少しだけ肩から力を抜くことができた。

再び椅子に座り、話を再開する。

もうオプスは話に参加する気がないようで、プルーヴの中に閉じこもったまま出てくることはなかった。

こうなれば何をしたって、オプスは出てこないだろう。短い付き合いでも、彼が思い通りにならない存在だということぐらい嫌というほど分かり切っている。

「仕方ないな」

ギリアムは大きなため息をつくと、私のことをまっすぐに見つめた。

「もしかしたら君も薄々気づいているかもしれないが……俺は騎士なんだ。国王陛下に仕えている」

ギリアムは困ったように笑いながら言った。

私はと言えば、突然の告白に咄嗟には反応できない。

ある程度の規模の組織に属しているとは思っていたが、まさかそれが国だとは思いもしなかった。

そう言われれば、さっき彼が怒った理由も分かる。

オプスはギリアムが隠していたことをさらけ出し、あまつさえ忠誠を誓う相手を扱《こ》き下ろしてみせたのだ。真面目なギリアムには、さぞ耐え難かったに違いない。

「あの、オプスがすいません。とんでもない暴言を……」

「いや、イチカのせいじゃない。それでは話の続きだが、城を出た後、君はどこへ？　一体誰の庇護下にいたんだ」

「それは……」

私は迷った。ここでガンボの名前を出したら、彼に迷惑がかかるかもしれないと思ったからだ。

だが、その逡巡を見抜いたようにギリアムは言う。

「下手に隠し立てしないことだ。隠されたら、俺は君にもっとひどい尋問をしなければいけなくなる。部下の中にはまだ君が犯人ではないかと言っている者もいるんだ。俺にそんなことさせないでくれ」

ギリアムの真剣な表情は、彼が本気であることを如実に示していた。

観念して、私はガンボのもとにいたことを話した。一応二人は面識があるので、ギリアムは私の話をすぐに信じてくれた。

「だが、どうしてガンボが城にいたんだ？　亜人はパーティーに招待されていないはずだが……」

不審そうな顔をするギリアムに、冷や汗が出る。

ガンボはノーマの父親を捜しに行っていただけなのだが、城に無断で入り込んだのは疑いようのない事実だ。これで彼が罰せられてしまったら、私は彼に合わせる顔がない。

「い、妹さんが先ごろまでお城で働いていて、その荷物を取りに来たと言っていました」

咄嗟についた嘘だったが、ギリアムは何とか納得してくれた。

恩人に被害が及ばなくてよかったと、私はほっと胸を撫で下ろす。

「だが……妙だな」

「何が妙なんですか？」

「その、ノーマというドワーフだ。領主の死のすぐ後に城を去るなんて、タイミングがよすぎる……怪しいな」

ギリアムの疑いの矛先がノーマに向きかけていたので、私は慌てて否定した。

「彼女は子供を出産して、里帰りしただけです！　怪しいだなんてそんな……」

「いや……イチカには話していなかったが、領主殺害を調査する上で、あることが分かったんだ」

「あること？」

「ああ。それは、領主と商人が結託して、この地方の名産であるアルカマイトをドワーフから価値に見合わない安値で買い上げ、販売していたという疑いだ。亜人との取引については各地の領主の裁量に任されているが、アルカマイトは王都では高値で取引される貴重品だ。昨日のパーティーを見ても分かる通り、領主にはかなりの蓄えがあると見て間違いない」

ギリアムの話を聞いて、私は最初にガンボに会った時の違和感を思い出した。それが事実だとしたら、本当にひどい話だ。

だが、ギリアムの話は思わぬ方向に展開を見せた。

「……城に勤めてそのことを知ったノーマが、ドワーフをけしかけて領主を襲わせた可能性もある。亜人が貴族を殺害したとなれば、我々は彼らを敵性生物として排除しなければならない」

――敵性生物。

その言葉の残酷な響きに、体からすべての血の気が引くような気がした。

あんなにお人好しで私を無条件に助けてくれたガンボが、領主を殺したりなんてそんなこと絶対にするはずがない。

（それを敵性生物なんて……っ）

私は悔しくてたまらなくなった。ドワーフたちはあんなにもおおらかで、騙されても気づかないぐらい呑気《のんき》だ。

そんな彼らに疑いを抱《いだ》くなんてと、悔しさを奥歯で噛み殺す。

ここで感情的になっても、何も解決しない。冷静にギリアムと話して、その疑いを晴らしてもらわなくては。

「それはおかしいです。城で出会った実行犯は若い男だって言いましたよね？　それに、伝承からすれば魔導書は亜人には扱えないはずです。亜人が領主を恨んで殺害したという推測は無理があります」

すぐさま切り返すと、ギリアムはしばらく考えるように黙り込んだ。

緊張の時間が過ぎる。

ほんの一瞬だったのかもしれないが、私にはとても長い時間のように感じられた。

「それはそうだが、一度そのノーマという女性の話が聞いてみたい。今はどこに？」

ギリアムは冷静だった。

私は困惑する。

ガンボの家に続く洞穴を、ギリアムに教えるわけにはいかない。それに、教えたところでガンボがいなければ、あの迷路のような洞窟に迷い込んでしまうだけだ。

「多分、『大地の裂け目』がある森のどこかに……。連絡を取る方法はないんです。お城で会ったのも、本当に偶然で……」

これは嘘ではない。本当に、私からガンボに接触する方法はないのだ。

「そうか、なら……」

すると、私はすぐに着替えて外出の用意をするよう命じられた。

ギリアムがどう動くつもりなのか不安に思いながらも、私は大人しく彼に従ったのだった。

ギリアムに連れてこられたのは、人の出入りが激しい大きな建物だった。レンガでできた古い建物は、威圧感すら感じられる。

「ここが、領主から委託を受けてアルカマイトの売買を取り仕切るエーメ商会だ」

商会の規模は、周囲の商店と比べても明らかに異様だった。そもそも、高価な品の売買を一つのお店に独占させるなんて、日本だったら独占禁止法に引っかかるところだ。

「おかしいですこんな……こんなことをしたら市場《しじょう》主義が崩壊します」

「市場……イチカは難しい言葉を知ってるんだな」

ギリアムは私の訴えを苦笑いで受け流した。

確かに、ここで私が経済について熱く語ってもしょうがない。なにせ本来の目的はガンボを捜すことにあるのだから。

彼がアルカマイトを納めるのならここだろうと案内されてやってきたわけだが、この人の多さでは本当に見つかるのか不安になってしまう。

「お客様！　当店に何かご用でしょうか？」

私たちにすり寄ってきたのは、やけに腰の低いひょろりとした男性だった。黒い髪をきっちりと撫でつけ、質素な出で立ちだが両手の指にはたくさんの宝石が光っている。

「質のいいアルカマイトが欲しければ、この店を訪ねるよう知人に言われたのだが」

剣を外し、まるで夜会の時のように着飾ったギリアムは、どこから見ても貴族にしか見えなかった。店員の対応がいいのも、それが原因だろう。

私は、ヒールによる悪戦苦闘をドレスで隠しながら、ギリアムの後ろにひっそりとついていく。

ギリアムのオーダーでパメラに着替えさせられたのは、モスグリーンにクリーム色のレースがあしらわれた可憐なドレスだった。もちろんここまでの移動も馬車だ。

周囲で忙しく働いていた人々が、何事かとこちらを盗み見ている。

貴族に扮してエーメ商会を訪れるというのは、ギリアムの案だ。大口の客になるかもしれない貴族相手ならば粗雑には扱われないだろうというのがその理由だったが、それは全くその通りだった。

男はニコニコとしながら、意気揚々と私たちを店の中へ招き入れる。店と言っても半分は倉庫として使っているようで、一階には荷物運びの人足やドワーフの姿もあった。

「二階に特別なお客様専用の応接室がございますので、そちらへどうぞ」

男がやけにキンキンした声で言うので、少し耳が痛かった。

現代とは違うインソールの概念もないようなハイヒールに苦戦していると、ギリアムがそっと手を貸してくれた。パーティーの時も思ったが、女慣れしていなさそうなのにギリアムのエスコートはやけにスマートだ。

二階に着くと、板張りの廊下の先にいくつもの扉が並んでいた。

案内された扉の中に入ると、そこには上部を白い布で覆った展示台がいくつも並び、その上には見事な輝きを放つ青い宝石が、お行儀よく並んでいた。

色の濃い物に薄い物。内包物の有無。そして大きさの大小。

どれをとっても同じ物などなく、同じ宝石がいくつも並んでいるだけだというのに見ていてちっとも飽きなかった。

興味津々にアルカマイトに見入る私を尻目に、ギリアムは貴族の演技を続けている。

「彼女にアルカマイトのペンダントを贈りたいんだ。魔力の宿るアルカマイトは持ち主を守ると言うからね」

「え⁉」

驚いたのは私だ。慌てて二人を振り返って、そしてはっとした。演技なのだから、ここで驚くべきではなかったのだ。

だが運のいいことに、店員は私たちを怪しんだりはしなかった。

「なるほど、サプライズでこちらへいらしたのですね。それは大変素晴らしいお考えです。お嬢様、お眼鏡にかなう石はありましたでしょうか？」

らんらんと目を光らせる店員に尋ねられ、答えに難儀する。そもそも私たちはここにガンボを捜しに来たのであって、宝石を買いに来たわけではないのだ。

すると、石を見るふりをしていたギリアムが、思案するような声で言った。

「うーん。どれも素晴らしい物だが、これならば王都にいても手に入る。もっと大きな原石はないのか？」

こんなにも素晴らしい石が並んでいるのに、ギリアムはもっと上はないのかと言う。

私は呆気にとられた。それは、ギリアムの〝我が儘な貴族子弟〟の演技が、あまりにも堂に入っていたからだ。

（ギリアムは王に忠誠を誓う騎士だと言っていたけれど、騎士ってこんな風にいろんなところに潜入したりする職業なんだろうか？　なんか、イメージしてた騎士とはだいぶ違うような気がするんだけど……）

そんな何とも言えない気持ちでギリアムと店員のやりとりを見守っていると、店員は少し悩んだ末、奥から革張りのトランクを運んできた。

とても大きな、そして重そうなトランクだ。簡単には開かないよう二本のベルトでしっかりと留められていて、一体何が入っているのかと気になってしまう。

彼は慎重に慎重にトランクを私たちの前まで運んでくると、自らも緊張しているのか大きなため息をついた。

「これは本日入荷したばかりの商品なのですが、店主の私ですら初めて見るほどの巨大な原石です。旦那様方だけに、特別にお見せしましょう」

なんと、今まで対応してくれていたのは店主だったらしい。では彼がエーメさんなのだろうか。

彼は更に慎重に留め具を外すと、私たちの前でゆっくりとトランクを開いた。

衝撃を殺すため綿の上に絹を張った土台に保護されていた石は、それはそれは大きなアルカマイトの原石だった。きらきらと眩しいほどの輝きを放ち、吸い込まれてしまいそうだ。

「こ、これはすごい」

さすがのギリアムも驚いたのか、その声がわずかにかすれている。

だが、私はギリアムとは別の意味で、驚いていた。

なぜなら私はその巨大なアルカマイトの原石を、既に一度見たことがあったからだ。

「そんな……」

トランクの中で輝いていたのは間違いなく、ガンボが初めて会った日に自慢げに見せてくれた原石だったからだ。

店主は、この石は今日入荷したばかりと言った。

つまりガンボは、私と別れた後この店に来て大事に取っておいた原石を売り払ってしまったのだ。おそらくは、ノーマとエルメスの面倒を見ると決めたからだろう。

「あの、これっておいくらなんですか……？」

恐る恐る尋ねる。

すると女の方が値段を尋ねるのはマナー違反だったのか、店主は驚いたように目をしばたたかせた。

彼は、言ってもいいのだろうかとばかりにギリアムの顔色をうかがう。とことん令嬢役が向いていない私に怒った様子も見せず、ギリアムは苦笑する。

「私の婚約者は好奇心旺盛でね。悪いが教えてあげてくれるかい？」

すると、店主は安堵したように口を開いた。

「こちら、二百万ガリルになります」

当たり前だが、私にはこの国の貨幣価値が分からない。

けれど、ガンボはコップいっぱいの小さな原石で、やっと十ガリルと言っていた。

大きな塊だからそれより高値になるのは当然だが、だからといってあまりにも価格差がありすぎる。

（本当だったんだ……）

ガンボたちドワーフが搾取されている現状を目の当たりにし、私は悔しさと怒りで胸がいっぱいになった。

どうだとばかりに自慢げな笑みを見せる店主に、つい言い返したくなる。

それはガンボたちドワーフが、泥にまみれて掘り出したものを二束三文で買い叩いた品だろう——と。

宝石の指輪をはめる店主とは違い、ガンボの生活は質素そのものだった。

それでも、人間である私に優しくしてくれたのだ。

今、彼が持っているアルカマイトは、そのガンボが大事に取っておいたものだったのに。

ぎゅっと拳を握る。

思うところがあっても、この場で怒鳴りつけてはすべてが台無しになる。

その時、突然ノックもなしに扉が開き、その向こうに見覚えのある人物が現れた。

「やあやあ、王都からの客人がいると聞いたが、まさかエドモンド子爵。あなただったとは」

にこやかに入室してきたのは、夜会で見た次期領主、アドルフ・リッツその人だった。大きなお腹を揺すりながら、少し心もとない褪《あ》せた金の前髪をぱらりとなびかせる。

「あ、アドルフ様……」

次期領主の突然の登場には、店主も虚を衝かれたらしい。彼は一瞬だけ見せた驚愕の表情を何とか取り繕うと、強張った笑みを浮かべて言った。

「お越しになるなら一言言ってくださらないと。こちらのお客様も驚かれて……」

「なに、私とエドモンド卿の仲だ。それにしても、まさか本当に来ていただけるとは思いませんでしたよ、当家のパーティーに。なにせエドモンド卿は、王立騎士団の花形ですからなぁ」

どすどすと近づいてきて手を差し出すアドルフに、若干押されつつもギリアムは握手に応じた。

「昨晩はどうも。招待状をいただいたので、遠慮もなくお邪魔させていただきました。アルカマイトの一大産地であるリッツ伯爵領を、一度は訪れてみたいと思っていたもので」

「それは光栄ですなぁ。それにしても、王都のご婦人方をざわつかせるエドモンド卿も、ついに宝石を贈る女性を見出されたらしい」

言いながら、アドルフは見た目に似合わない素早さで今度は私に詰め寄ってきた。

「初めましてお嬢さん。それにしても、こちらはどちらのご令嬢ですかな？　何とも芋っぽ……いえ、素朴で飾らない野に咲く花のようなお方だ」

こちらの世界の常識に馴染まない私でも、さすがにこれが誉め言葉でないことぐらいは分かる。

どう答えるべきだろうかとギリアムの顔をうかがうと、彼は呆れたような顔でアドルフを見ていた。

だが私が自分を見ていることに気が付くと、気を取り直したのか滑らかな動きで私とアドルフの間に割って入った。

二人は睨み合い、部屋の中に険悪な空気が広がる。

それをどうにかしようと、呆然としていた店主が我に返り、言葉で二人の気を逸らそうとする。

「これはこれは、噂に名高いエドモンド家のご子息でいらっしゃいましたか。当商会はアドルフ様お墨付きのアルカマイト取扱店となっておりますよ。アドルフ様のご人徳で王都にもお得意様が多くいらっしゃいますし、アルカマイトがご入り用でしたらぜひ当家に……」

アドルフをよいしょしつつ、自分の売り込みも忘れない。

さすが商人だなあと思いつつ事の成り行きを見守っていると、ふとある疑念が生じた。

——そういえば、エドモンド子爵というのはギリアムの偽名だろうか。

夜会で挨拶を交わしたとすれば二人に面識があってもおかしくはないが、話を聞いているとどうもアドルフは前々からギリアムのことを知っていたようだ。

あちらに悟られないように領主殺しの犯人を見つけ出さねばならないのに、アドルフがギリアムのことを知っているというのはいろいろとまずいと思うのだが。

『あの小男、許せませんね』

その時、頭の中にオプスの声が響いた。

小男というのは、おそらくアドルフのことだろう。オプスやギリアムと違って、彼の身長は私より少し大きいぐらいだ。

『イチカ様を愚弄しました。万死に値します』

物騒なことを言う魔導書を、私は慌てて止めに入る。

『ちょっと、前みたいにおかしなことしないでよ？　あいつが昨日の領主殺しに頼んで父親を殺させたのか、見極めなきゃいけないんだから』

私が心の中で言って聞かせると、オプスは事も無げに重要な証言を口にした。

『ああ、昨日のポーターの主は、あの男ではありませんよ。あれには父親殺しなど実行する度胸はありません。ただの見苦しい小悪党と言ったところでしょうか』

驚きで声をあげそうになるのを、私はかろうじて堪《こら》えた。

これでアドルフは容疑から外れる。なにせオプスは、実際に魔導書使いの雇い主と会っているのだから。

『それ、嘘じゃないでしょうね？』

『そんな嘘をついて、私にどんな得が？　あの男がもっと凶悪な相手ならイチカ様を油断させて窮地に追い込むこともできたでしょうが、あれは正真正銘の小悪党で、父の名を騙《かた》ってアルカマイトを独占させた収益で私腹を肥やすぐらいしか能がありません』

オプスの言葉の最初の部分には大いに反論したい気分だったが、それよりもその後に続いた内容に私は愕然とした。

『どういうこと？　じゃあ、アルカマイトを不当な値段で買い占めさせてるのは、殺された前領主じゃなくてアドルフだってこと？』

もしそれが本当だとしたら、殺人事件の動機にもなりうる大変な証拠だ。

『以前お城にお邪魔した際に、色々物色させていただいたので間違いないかと』

オプスの言葉に、私は絶句した。ならどうしてもっと早くそのことを教えてくれなかったのか。

だが一方で、オプスはさっきアドルフは犯人でないとも言った。

これらの情報を一体どう判断すればいいのだろう。頭が混乱する。

とりあえず私は、困った時は初心に帰るという、二時間ドラマで得た知識を活用することにした。

ここにやってきたのは元々、ガンボを探すためだ。

見ればよいしょしたにもかかわらず険悪なアドルフとギリアムに置いてきぼりにされた店主は、トランクを持ったまま所在無げに立ち尽くしている。

「あの、すいません」

「は、はい？」

私が問いかけると、店主は引きつった顔でこちらに意識を向けた。

「その石は、今日入荷したばかりと言っていましたよね？　一体どんな人が持ち込んで——きたのかしら？」

野草だとかいろいろ言われているが、とにかく今日の私はギリアムの婚約者という役割でここに来ている。

今更だが一応それらしく見せようと、令嬢っぽい言葉遣いをしてみた。言いなれないので多少ぎこちなくなったのは、気にしないでもらえるとありがたいのだが。

店主はどうしてそんなことを聞くのかというような訝しむ顔をしたが、ギリアムたちの鉢合わせで気が動転しているのか、早口で教えてくれた。

「ああ、ドワーフのガンボとかいう男ですよ。腕がいいとは思っておりましたが、まさかこれほどの物を隠し持っているとは。金が入り用なようでしたから、少し値を釣り上げてやればもっともっと大きな原石を掘り出してくるかもしれませんなあ」

男の顔から思わずといった笑いが漏れた。

はした金でアルカマイトを買い付けているのだから、店主からすれば笑いが止まらないと言ったところだろう。

私は心底、人間とは醜いものだと思った。

もちろん私も人間だ。だから心の中には醜い部分も持っている。

だから——多少卑怯な真似をしても、この店主に目にものを見せてやりたいと思った。

「そうですか」

怒りを悟られないように打った相槌は、押し殺したように低くなった。

だが、上機嫌の相手はそんなこと気づきもしない。

「これを売った代金で、今頃は飲んだくれているかもしれませんなぁ。なにせドワーフは揃いもそろって酒好きですから」

そういえばガンボも確か、アルカマイトの代金が入るといつも食堂でお腹いっぱい食べたり飲んだりすると言っていた。

「この辺りに、そのような食堂はありますでしょうか」

店主はまたも『どうしてそんなことを』という顔をしながらも、亜人が集まるという街の食堂を教えてくれた。胸が悪くなるような侮蔑の言葉を織り交ぜながらではあったが。


あのあと、アドルフの皮肉に至極真面目に対応するギリアムを商会から引っ張り出し、店主が教えてくれた食堂へ向かうことにした。

ちなみにそれほど遠いわけではないのだが、ヒールで来ているので馬車移動である。

「イチカは冷静だな」

また夜会へ行った時のように馬車の揺れに辟易《へきえき》していると、ずっと黙っていたギリアムがふとこんなことを言った。

「冷静、ですか？」

「ああ。アドルフにあれだけのことを言われて、なぜ腹を立てない？」

こう問われて、私は一瞬彼が言っている意味が分からなかった。

だって別に、アドルフの言葉に怒る理由などない。自分が地味なのはちゃんと承知しているし、野に咲くとはいっても花と言われて逆に恥ずかしいくらいだ。

それに、怒るというならギリアムの部下がしたことの方がよっぽどひどいと思う。それでギリアムを責めるのは違うと分かってはいるが、彼は時折ひどく見当違いだ。

「別に、怒ってはいません。怒るようなことじゃないですし」

「だが……」

まだ何か気にしている様子のギリアムに、私は意趣返しのつもりでこう問いかけた。

「それより、さっきアドルフはギリアムさんのことをエドモンド卿って呼んでましたよね？　あれは偽名か何かですか？」

さっき気になったことを尋ねてみると、ギリアムはまだ納得のいかなそうな顔をしつつも、その理由を教えてくれた。

「ああ、あれは俺の家名だ。ギリアム・エドモンドという」

「え？　じゃあ本名だってことですか？」

「まあそうだな。そもそも彼は俺の顔を知っているから、偽名で近づいても怪しまれるだけだろう。それがどうかしたのか？」

「だって……エドモンド〝子爵〟って呼ばれてましたよね？　それじゃあ、ギリアムさんも貴族ってことに――」

「まあそうだな」

あっけらかんとした返事に、私は唖然とした。

「そうだなって、まさか本当に貴族なんですか⁉　だって貴族ってその、偉いんでしょう？　それにギリアムさんは自分のことを騎士だって……」

「そうか、イチカは迷い子だからこの世界の事情には疎いんだったな。基本的に、陛下に直接仕える王立騎士は貴族しかなれないんだ。だから、騎士だと告白した時点でそのあたりの事情も伝えたつもりになっていた」

「伝えたつもりって……」

今度こそ、私は言葉をなくした。

確かに貴族然とした雰囲気だなとは思っていたが、まさか彼がそんな身分を持っているなんて思いもしなかったのだ。

この世界の身分制度はまだよく分からないが、この土地の領主と同じ立場ということは彼にも領地があり、そんな身分の人がまさか自ら調査に来るなんて思わない。

「ああ、着いたようだ」

ぐるぐる考えているうちに、目的地に着いてしまった。

馬車が停まったので、またもよろよろしながらギリアムの手を借りて馬車から降りる。

エーメ商会の店主の言う亜人が集まる食堂は、『コカトリスの鶏冠亭《とさかてい》』という名前の庶民的なお店だった。この世界にはコカトリスがいるのだろうかと気になりつつ、中に入る。

すると、店内にいた人々の視線が一斉にこちらを向いた。

中に人間はおらず、店員から客までドワーフだったりケモミミだったり、日本では絶対に見られないような光景が広がっている。

一方で、上流階級然とした格好の私たちは、客たちの反感を買ったらしい。いくつもの鋭い眼光に睨まれ、着替えてくればよかったと後悔した。人間ということ自体、ここでは異分子なのかもしれなかったたが。

「イチカぁ!?」

驚きもあらわな声で名前を呼ばれ、そちらを見るとガンボがいた。

食事を終えたところなのか、彼の座っていたテーブルには空の食器と木製のコップが置かれている。

「お前の知り合いかぁガンボ？」

「人間なんて呼ぶなよ。酒がまずくなるぜ」

酔客たちのヤジが飛ぶ。

これでガンボの立場が悪くなったらどうしようと、少し彼に申し訳ない気持ちになった。

ギリアムと言えば私を守るように前に出て、いつ襲ってこられても対応できるよう剣に手を添えている。

「どうしたんだよガンボ？　今日は全然飲まねぇし、なんか厄介事に巻き込まれてんじゃねぇのかぁ？」

「ああ……いや……」

ガンボは元気のない様子だった。

他の亜人を刺激しないよう、彼には店の外に出てもらう。食事の代金はギリアムが支払った。その支払いがあまりにスマートだったので、見ていたはずなのに私もしばらく気づかなかったぐらいだ。

ガンボを含めた三人で馬車に乗ると、馬車の中がぎゅうぎゅうになってしまった。だが、揺れは少しマシになったので悪いことばかりではないかもしれない。

「君がガンボだな。私はギリアムという。領主を殺した犯人を捜している。改めてよろしく」

ギリアムが手を差し出すと、ガンボは驚いた顔をした。それから少しして、ゆっくりと二人は握手を交わす。

「イチカもそうだが、あんた変わった人間だなぁ。ドワーフと握手するだなんて」

未だ状況が呑み込めない様子のガンボに、私は事情を説明して謝罪した。

領主殺しの犯人を追っているギリアムが、ガンボの妹であるノーマに会って事情を聴きたがっているいること。ノーマのことをギリアムに話してしまって申し訳ないということ。

ガンボは難しい顔をして黙り込んでいた。

それはそうだろう。さっきのコカトリスの鶏冠亭での出来事もそうだが、基本亜人と人間は仲がよくないのだ。それなのに、ここまで私に優しくしてくれたガンボに恩を仇《あだ》で返すことになってしまった。

「ギリアムさんに妹さんの話をして、本当に申し訳ないと思ってる。でも、ギリアムさんはいい人だし、きっと妹さんの力になってくれると思う。もしノーマさんが悲しむようなことがあれば、私が魔導書を使って絶対に止めるから」

こう言っておくのは、ギリアムに対する牽制でもあった。

彼に向かって私はガンボの味方という立場を明確にし、何か彼に不利になるようなことがあればオプスを用いてでも反抗するという意志表明だ。

しかし、ガンボは黙り込んだままだ。

がたごと揺れる馬車の中で、胃がキリキリするような沈黙が続いた。彼はうつむいたままひび割れた指先をじっと見ている。

厳しい労働を思わせる手。彼の苦労を安値で買い叩く店主の顔を思い出し、やるせない気持ちになる。

彼を騙しているのもまた、私と同じ人間なのだ。ガンボがそのことに気づいてなくたって、罪は歴然としてそこにある。

ずっと黙りこくっているガンボにしびれを切らしたのか、ギリアムが口を開いた。

「ガンボくん。君たちはリッツ伯爵に搾取されている」

その強い断言に、私もガンボも目を見開いた。

私はなぜそのことを今話すのかと驚いたし、ガンボはきっと今までそんなこと思いもしなかったのだろう。

口調を緩めて、はっきりと区切るようにギリアムは言葉を続けた。

「私は、国王が遣わした王国の使者だ。事件が解決した暁には、責任の所在を明確にし君たちドワーフの労働環境が改善されるよう働きかけると約束しよう。だからどうか、私に協力してはもらえないだろうか？」

ギリアムの言葉には、誠実な響きがあった。

もしこれが嘘だったとしたら、彼は稀代のペテン師だろう。

私がそっとガンボの表情を盗み見ると、驚きの波が引いた後の彼の目には確かな決意の色があった。

「金に釣られたと、思わんでくれよ。俺は握手をしてくれたお前さんとイチカを信じる」

こうして行き先を見失っていた馬車は、ガンボの洞穴に向けてカポカポと進み始めたのだった。

第六章　前領主の真実

私たちを出迎えたノーマは、何が起こったのか分からないとばかりにぽかんと口を開けて動かなくなった。

「ノーマ、すまんが茶を頼む」

ガンボが声をかけて、ようやく我に返ったくらいだ。人間などほとんど来ないはずのこの家に二日続けて、それも今度は二人もやってきたのだから、その驚きは想像するに余りある。

「は、はいただいま！」

彼女がお茶を淹れている間、私たちは椅子に腰を下ろし無言で待った。

ギリアムが最も聞きたいのはノーマの話だ。けれど実の兄にも話さなかった話を、果たして初対面の――それも人間であるギリアムにしてくれるだろうか。

そわそわしながら待っていると、それほど間を置かずノーマがティーポットと人数分のカップを運んできた。前も思ったが、さすがドワーフだけあって使っている小物はどれも品がいい。

その場を去ろうとしたノーマをガンボが呼び止め、二対二で向かい合うように腰かけた。昨日はオプスのいた場所が、今日はギリアムになっている。

『全く人間とは面倒ですね』

退屈したのかオプスが久しぶりに口を開いた。

反応がないので、眠っているのかと思っていたところだ。

『こんなことをせずとも城内の人間を皆殺しにしてしまえばよいのに。退屈で欠伸《あくび》が出ます』

オプスの提唱する解決法はあまりにも過激だった。ギリアムがオプスのような性格でなくてよかったと心底思いつつ、事の成り行きを見守る。

「初めまして。私はギリアムという。前領主であるリッツ伯爵の死の真相を探るため、国王陛下より遣わされた王立騎士だ。伯爵殺害の事件は、このままでは流しの犯行として犯人不在のまま闇に葬られてしまう。君たちにとっては憎い領主かもしれないが、どんな小さなことでもいい。伯爵が殺された前後のことを話してはくれないだろうか？」

隣で聞いていても、はっきりとしたギリアムの言葉には確かな意志が込められているのが分かった。

あとは、彼の言葉にノーマがどんな反応を示すかだ。

アルカマイトを安く買い叩かれていたと知ったばかりのガンボは、まだ領主を恨んだりといったことまで頭が回っていないだろう。

だが、城に勤めていたはずのノーマは伯爵の後ろ暗い部分まで知っているかもしれない。だとしたら、伯爵を恨んで証言を拒絶する可能性もある。

焦燥が顔に出そうになるのを必死に堪えていると、ガンボがノーマを促すように小さく咳払いをした。

ぼんやりとした顔をしていたノーマは、はっとしたように私たち二人の顔を交互に見る。

王の使いが自分を訪ねてくるという珍事が未だに信じられないらしい。彼女は一瞬エルメスが眠っているゆりかごに目をやると、何かを決意するように膝の上に拳を作った。

「本当に……事件を解決してくださるんですか?」

「ああ、約束しよう」

力強く請け負ったギリアムの言葉に、ノーマの目が光を宿した。

「じゃあ……っ」

ドタンという音がした。勢いよくノーマが立ち上がったので、彼女の座っていた椅子が後ろに倒れたのだ。

私は驚き、高くなった彼女の顔を見上げた。

するとその目に、涙がにじんでいるのが見て取れた。

ノーマを怒らせてしまったのではないかと、私は焦る。

「ま……っ」

彼女を落ち着かせるため声をかけようとして、ギリアムに制された。声が上ずってなかなか話ができないでいるノーマの背を、ガンボが優しく撫でている。

「落ち着け。俺たちゃどっか行きやしない。いくらでもお前の話を聞くから」

ガンボの深く染み入るような言葉に、私は少しノーマのことがうらやましくなった。困った時にこんな兄がいたら、どんなに心強いことだろう。

『イチカ様にはわたくしがついているじゃありませんか』

オプスが甘い蜜のような声で言うが、私は聞かなかったことにした。

心強いどころか、オプスこそがこの私の困り事の原因である。そりゃあ頼りにならないこともないが、それより不安に思うことの方が圧倒的に多い。

「じゃあ、見つけてくださるんですね……。あの人を殺した犯人を……ぐすっ」

この時私は、「おや」と思った。

なぜなら彼女の〝あの人〟という言葉には、やけに親密な響きが含まれていたからだ。普通、勤めた城の城主のことを、果たしてそんな風に呼ぶだろうか。

「ええ、見つけます必ず」

ギリアムが再び力強く請け負ったのが、決定打になった。

「私が知っているすべてのことを、あなたにお話しします」

ノーマはゆっくりと席に着くと、取り乱したのが嘘のように冷静に語り始めたのだった。

――ノーマの話は、驚くべきものだった。

彼女の話が本当だとしたら、今までの前提の多くが覆されてしまう。

それはギリアムも同じなのか、馬車の中で彼はずっと黙り込んでいた。私はぼんやりと宙を見つめながら、彼女の話の真偽をずっと疑い続けている。

彼女が嘘をつくとは思いたくない。けれど、だとしたら犯人は――……。

私たちは今、ガンボと別れパメラの娼館に向かっている途中だ。

相変わらずサスペンションなどない馬車は激しく揺れるので、腰が痛くてまともに考え事などできない。

そうこうしているうちに馬車が停まったので、私たちは揃ってパメラの娼館に入った。

そういえば国から派遣されているはずのギリアムが、どうしてこんな場所に宿泊しているのだろう。もしやパメラにも何か秘密があるのだろうか。

今更そんなことを思ったが、答えを聞く間もなく彼は娼館の奥に向かった。きっと先ほどの話を部下と共有するのだろう。

ついていった方がいいのかとも思ったが、彼の部下にはどうしても苦手意識があるので、私は失礼して部屋に戻らせてもらうことにした。

今日は一日ドレスとヒールで街を駆けずり回ったので――走ったのはほとんど馬だけど――私はひどく疲れていた。

なのでそのまま例の部屋に戻ろうとしたのだけれど、そうは問屋が卸《おろ》さなかった。

途中の廊下に、ドレスに着替え美しく化粧をしたコレットが立ちふさがる。可憐な容姿で二の腕を組み、彼女はただならぬ怒気を発していた。

「聞いたわよ」

まるで地獄の番人のような声で、彼女は言った。

「な、何をでしょう？」

これは面倒なことになりそうだ。

思わず下手《したて》に出て尋ねると、彼女は怒りのあまり涙を滲ませながら言った。必死に我慢しているのは、涙を流すと化粧が落ちてしまうからだろう。

「二人でおめかしして出かけたって！　なんで⁉　あなたより絶対私の方が可愛いのに！　どうしてギリアム様は私を見てくれないの⁉」

予想は正しかった。やっぱり面倒くさい案件だった。

「や、これには深い訳が……」

どうにか弁解しようと試みるが、コレットはなかなか私の話を聞いてくれない。

「聞きたくない！　ギリアム様とあなたなんかの馴れ初めなんて！」

「いや、馴れ初めなんかじゃなくて」

「どうせ二人で流行りの店でランチして宝石の一つも買ってもらったんでしょう⁉　ギリアム様ならそつなくエスコートしてくださりそうだもの！　ええ、それで最後は舟遊びに行くんだわ。ボートの中で邪魔する者もなく二人は――ああ！　許せない！」

コレットはどうやら妄想が暴走しやすいタイプの女性のようだった。

私も本のことに関しては暴走したりするので気持ちは分からなくもないが、こういうのはできれば他人の目のないところでしてもらいたい。

先ほどからコレットの声を聞きつけた他の娼婦が、何事かと部屋のドアを開けてこちらを見てはまたかとばかりにドアを閉めていった。きっとよくあることなのだろう。

話を聞いてもらえないのでぼんやり待っていると、妄想をまき散らすことで少し落ち着いたのか、それとも単純に息切れしたのか、ようやくコレットが喋るのをやめた。

好機とばかりに、私は彼女に弁解を始める。

二人で出かけたが、デートのような甘い雰囲気は欠片もなかったこと。

「でも、エーメ商会に二人が入っていくのを見たって人が……」

おっと、まさかの目撃者がいたようだ。

確かに二人でエーメ商会には行ったが、あれは婚約者のふりをして話を聞き出すためで別に何かを買ってもらったりはしていない。

「あそこには用事があって行っただけで……」

「あそこに二人で行くなんて、アルカマイトをプレゼントするために決まってるじゃない！」

どうやら、アルカマイトを宝飾品に加工して恋人にプレゼントするのが、この世界のトレンドらしい。

感心しながら話に耳を傾ける私に、コレットは毒気が抜かれたような顔をした。

「ちょっと、そんなことも知らないでエーメ商会へ行ったの？　一体あなたたち何しに行ったのよ」

そんなことを言われても、まさか知り合いのドワーフを探しに行ったとは言えない。

「それより、そんな話、誰に言われたの？　昼間はここの人ほとんど眠ってるのに……」

出入りの商人か何かかと思ったら、予想外の答えが返ってきた。

「あなたがたまに連れてる使用人よ。あのやけに綺麗な顔のいつも黒ずくめの格好をした——あ、この間もホールで二人で踊ってたでしょう？　私見たんだから！」

コレットの答えはとんでもないものだった。

私は慌てて彼女に別れを告げると、割り当てられた小部屋に入り急いで扉を閉めた。

「エンチャント！」

詠唱でオプスを呼び出すと、彼はいつも通り優雅な物腰で現れ、お手本のような綺麗な一礼をしてみせた。

「お呼びですか？　イチカ様」

「お呼びですか？　じゃないわよ！　どうしてああなるって分かってて、今日のことをコレットに話したりしたの？　捜査に協力しないのは別にいいけど、わざわざ邪魔に入ることないじゃない」

私の糾弾に、何を思ったのかオプスは大笑いを始めた。それはまさに〝大笑い〟と形容するしかないほどの笑いで、お腹を押さえて笑い続ける彼が逆に心配になったくらいだ。

呆気に取られてしばらく呆然としていると、疲れてきたのかオプスの笑い声が途切れてきた。なので気を取り直し、私はもう一度彼に不可思議な行動の真意を尋ねた。

「いっ・た・い・ど・う・し・て！　そんなことをしたのか聞いてるの！」

ようやく笑いが収まったのか、オプスは零れるような笑みを浮かべた。

「退屈だったもので」

「退屈？　退屈だったらあんたは何でもするの？　私が困ってるのがそんなに楽しいの？」

相手にしちゃだめだと分かっているのに、オプスへの怒りが爆発して溢れた。

見た目だけは極上の男。だけどその性質は厄介極まりなく、所かまわず私のことを振り回す。嫌なところしかないなら嫌いになるだけでいいのに、たまに助けてくれたりするから本当に厄介だ。

オプスの笑顔を見ているとイラつくので、私は自分の手のひらに埋め込まれたプルーヴを見下ろした。

ギリアムを助けた時についた、横一直線の傷が残ったままになっている赤い宝玉。

時折、この美しい宝石を抉り出してしまいたくなる。

もちろん、そんな恐ろしいことはできないのだけれど。

今回のことは、そんな怒るようなことではないのかもしれない。オプスがしたのはコレットを怒らせただけのこと。面倒ではあるが、今まで彼がしたことに比べれば可愛いものだ。

「怒りましたか？　イチカ様。怒りました？」

だが、こうやって纏わりつかれるのは本当に頭にくる。その顔に浮かんでいる笑みと言ったら、いたずらを誇る悪ガキよりもたちが悪い。

こっちは激動の一日で疲れ切っているというのに、理性的に相手をする余裕が持てない。

「怒ればいいの⁉　私が怒れば満足⁉　あんた……一体何で私に纏わりついてるの。怒らせたいだけなら他の人だっていいじゃない。どこへでも行って、誰でも怒らせてればいいじゃない！」

言ってしまった。

今までずっと、我慢していた言葉を。

パーティーで誰とも言葉が通じなくなった時、本当に恐かった。頼れる人は一人もいなくなって、これから自分はどうなるのかという不安に襲われた。

オプスがいなくなったら私は、この世界で本当に一人ぼっちだ。家族も友達も誰もいないところで、いったいどうやって生きていけばいいのだろう。

とてつもない不安に呑み込まれそうになる。床が抜けてどこまでも落ちていくような恐怖。そんな恐怖に震える私を抱きしめたのは、この穴に突き落とした張本人だった。

「イチカ様……」

「何よ……」

長い腕に囲われて、逃げられなくなる。

「お許しください。我々はそういう〝モノ〟なのです」

「何それ？　じゃあ〝モノ〟だったら何をしてもいいって言うの？　違う。〝アナタ〟が悪いの。ふざけて、弄《もてあそ》んで、それを楽しんでる。魔導書にとって人間は玩具《おもちゃ》なの？　こんな時ばかり心のない〝モノ〟のふりをするなんてずるい。あなたたち魔導書は——少なくともオプスは、喜びや嫉妬を持つ人間と変わらない生き物だよ」

すると、私をゆるく囲っていた腕はぎゅっと範囲を狭め、私を抱きしめた。

肩口に押し付けられた顔には、何の温度もない。

それが不思議で、けれど私の体は確実に熱くなった。

「何？　離してっ」

「聞いてくださいイチカ」

オプスは珍しく、切羽詰まったような声で言った。

「わたくしたち魔導書は、そういう〝モノ〟なのだと創造主たる神より教えられました。我々は人間を試し、そして助ける道具なのだと」

「そんな――」

そんなのは理由にならないと、言い返そうとした言葉は遮られた。

オプスの温度のない唇で。

「……ッ」

慌てて押し返そうとしても、できなかった。

オプスの作る囲いはまるで鉄のようにびくともしない。

恥ずかしながら、人生で初めてのキスだ。

だから、どう息をすればいいのかすら分からなかった。酸欠で頭がくらくらし始めた頃に、ようやく解放される。

「はぁ、はぁ、何でこんな……」

怒りは急速にしぼんで、全身を気だるい倦怠感が覆っていた。

ただでさえ今日は疲れているのだ。もう何だか全部投げ出して、眠ってしまいたくなった。

「ひどいこんな……からかうためにキスするなんて」

「からかってなどいません！」

珍しくふざけた様子のないオプスが、強く否定する。

目の前にいた私の肩が、思わず震えるほどに。

「イチカ、わたくしはあちらの世界で、このまま誰にも価値を見出されぬままに、終わるのだと思っていた」

彼は、ひどく切なげな声で言った。

「そして、それでいいと思っていました。もうわたくしは、人を試し人を傷つけることに疲れたのです。偶然迷い込んでしまったあちらの世界は、我らを作った神とは別の法則を持った世界。わたくしも闇の力を発揮することはできません。他の本と同じように並べられて、眠っていました。もうこちらの世界のことも忘れかけていた、そんな時です。あなたに出会ったのは」

オプスはまるでそれが遠い日の出来事のように目を細めた。

「ただの、それも読めない本であるわたくしに、興味を持つ人間は少なかった。そしてたまに興味を持つ人間がいたとしても、その多くがポーターとしての適性を持ちませんでした。わたくしが力を発揮することはなかった。けれどあの日、あなたが――」

「なによ。私のせいだっていうの？」

「いいえあなたが、わたくしの褪せた表紙を撫でて、とても嬉しそうな顔をしたのです。覚えていませんか？」

そう言われて、私は恥ずかしさのあまりオプスの目を見られなくなった。

『本を選んでいる時は人が変わる』

そう周囲の人にも言われていたのだ。どうやら私はよほど楽しそうにしているらしく、普段とは別人なのだという。

そのことを変わっているとか言う人もいて、十代の頃は息が詰まった。今は分かってくれる友人も少しはいて、それでいいって思っていたけれど。

「わたくしは今まで、たくさんの人間の顔を見てきました。わたくしを手に入れ欲望にまみれた顔をする者。あるいは恐怖する者もいました。けれど、あんな無邪気な笑顔を向けられたのは初めてでした。あんな感情を抱いたのは初めてでした。心が弾んで、どうしようもなくあなたと言葉を交わしたくなった。あちらの世界では人型を取ることはできません。そしてそのまま、この世界にあなたを連れてきてしまった。わたくしの欲望そのままに」

オプスは切なげなため息をついた。

それは、温度がないなんて嘘のような熱っぽいため息だった。

また嘘かもしれない。

頭ではそう分かるのに、私はオプスの手を振りほどけなかった。その赤い瞳にうつる熱が、まるで伝染してしまったかのようだ。

「許してくださいイチカ。わたくしはこの先も、おそらくあなたを手放せない。あなたの〝モノ〟でいたいのです」

「は……恥ずかしいこと言わないでよ」

言いたいことを言って満足したのか、オプスはゆっくりと私から体を離すと、丁寧なお辞儀をしてその場から掻き消えた。

きっとプルーヴの中に収まったのだろう。私はしばらくぼんやりと、小さな部屋の中で突っ立っていた。

ドレスを脱いでベッドに入ってからも、しばらくは目が冴えてなかなか寝付けなかった。

まったくあの魔導書は、どれだけ私を振り回したら気が済むのだろうか。


なかなか寝付けなかったせいか、翌日目が覚めると太陽はもう随分高いところまで昇っていた。

部屋の中にあった上着をシュミーズの上に羽織り、廊下に出る。

昼間は娼婦たちの眠りの時間だ。娼館はひっそりと静まり返っていた。

(ギリアムは、どこにいるんだろう?)

すぐにギリアムを探そうと思ったのは、昨日の話の結果、彼らがどう動くのか知りたかったからだ。それに、何かしていないと昨日のことを思い出して頭がおかしくなりそうだった。

私のことを絶賛混乱させているオプスは、現在プルーヴにいつものお籠《こも》りだ。彼が何を考えているのか、私には全然分からない。

（でも――）

本が好きな私に、一応好意に似た何かは持っているんだろう。

それなら初対面の時にどうして傷をつけたりするんだとか言いたいことはいろいろあったが、結局昨日は驚きすぎて何も言い返すことができなかった。

いや、言い返した気もするが、オプスがダメージを受けているとは思えない。

そんなもやもやした気持ちで歩いていると、無意識に練習で通っていたホールの前に来てしまった。中からは、聞き覚えのあるピアノの曲が流れている。

思わず中に足を踏み入れると、予想した通りそこにはコレットがいた。彼女は部屋に入ってきたのが私だと気づくと、手を止めて演奏をやめてしまった。

「あ、おはようございます」

とりあえず挨拶すると、彼女も決まりの悪そうな顔で挨拶を返してくる。

どうやら、昨日の怒りを引きずっているわけではないらしい。

「あの、昨日のことは……」

そういえばオプスへの怒りで彼女を置き去りにしてしまったことを思い出し、改めてギリアムとのことを説明しようとした。

だが、彼女は首を横に振って先に話し始める。

「見たわよ。あんたあの使用人ともいい仲みたいじゃない」

ぎくりと身が竦んだ。どうやらコレットはオプスとの昨日のやり取りを見ていたらしい。

一体どこまで見られていたのだろうか。恥ずかしさで頭が爆発しそうだ。

「こんな地味な女の、一体何がいいんだか……」

呆れたように言う彼女に、私は強く頷いた。

「本当にそうですよね！」

コレットに責められたり、オプスのらしくない言動のせいで私はすっかり疲れ切っていた。

そもそも、元の世界では色恋沙汰とほぼ無縁で生きていたというのに、どうしてその私がこんな目に遭っているのか。

「私には相応《ふさわ》しくないってのは重々承知してます。一体どうやったらオプスの悪ふざけをいなせるようになりますか⁉」

必死な顔で聞く私に呆れたのか、コレットは胡乱《うろん》なものを見る目で私を見た。

「何それ？　あんたはそのつもりじゃないのに、纏わりつかれて困ってるってこと？」

涙目で訴えると、少しは納得してくれたのかコレットの態度が軟化した。

「馬鹿馬鹿しい。あんなにいい男摑まえて、何が不満なのよ」

「何もかもですよ！　私に血を流させて喜んでる変態だし、好きっていう割に痛い目に遭わせるし、言ってることは何が本当で何が嘘か分からないし、私なんて好かれてるわけじゃなくてあいつにとってはいつ壊れてもいい玩具と同じなんですよっ」

酸欠になる勢いでまくし立てると、コレットが自分の体を抱きしめて青くなっていた。

「何それ、あんたそんな奴に好かれて平気なの？」

ようやく分かってくれたのかと、私は彼女に抱きつきたくなった。嫌がられるのは分かっていたので、もちろんそんなことはしなかったけれど。

「そういえば、私の客の中にもそういう奴いるわ。顔は悪くないのに、変態で二度と来ないでほしい男」

そう言うと、彼女は美しい髪を無造作に掻きながら大きなため息をついた。

「ああもう、何だか馬鹿馬鹿しくなっちゃった。あなたに怒ってる私自身が」

「え？」

どういう意味かと問いかける前に、コレットが言葉を繋げる。

「本当は別にいいのよ。あなたがギリアム様と付き合ってようがそうじゃなかろうが。怒ってるつもりだったけど、本当は引き時を見失ってただけでね」

昨日はあんなに怒っていたのに、一体どういう心変わりだろうか。

不思議に思っていると、彼女は手招きをして私をピアノの近くに置いてある椅子に座るよう指示した。

何を言われるのか怖かったが、大人しく彼女の指示に従う。

私が座ったのを確認すると、コレットは再び演奏を再開させた。けれどそれは先ほどまで彼女が弾いていた曲と違って、きらきら星のような、初心者が弾く曲のように思えた。

事実、彼女は片手しか使っていない。

「この曲はね」

唐突に語り始めたコレットの話に、私は黙って耳を傾けた。

「私が最初に習った曲なの。私、こう見えても結構いい家の生まれで、小さい頃はお嬢様してたのよ。だけど父が事業に失敗して、家族はばらばら。それが三年前の話」

絵に描いたような転落話で、私は彼女に何も言うことができなくなった。

平々凡々に育った私には、彼女の苦悩を本当に理解するなんてできないだろう。そして彼女もまた、理解してほしいとは思わないだろう。

「変な顔しないで。これでも私、幸運な方なのよ。本当はもっとランクの低いお店に売られるはずだったのに、髪の色が綺麗だってパメラが目を留めて引き取ってくれたの。そうじゃなかったら、それこそもう地獄だったでしょうね。だから、パメラには感謝してる」

戸惑いが表情に出ていたらしい。

これ以上感情が出ないよう気を付けつつ、彼女の話と曲に耳を傾ける。

どうしてコレットは、急にこんな話をする気になったのだろうか？

「あなたに言っておきたくって。私本当は、ギリアム様のことそれほど好きってわけじゃないの」

「え⁉」

驚いて、思わず声が出てしまった。

コレットは苦笑し、曲を奏で続けていた指を止める。

「娘気分でキャーキャー言ってるのは楽しかったけど、本当の恋なんかしても辛いだけだから。だから本当は、あなたとギリアム様がエーメ商会に行ったと聞いても、それほどショックじゃなかった」

「でも……あの……」

昨日に十分怒っているように見えたけれど。

それを言っていいか分からず、私は言葉に詰まってしまった。

するとコレットは、ふふふふと可愛らしく笑った。

「本当のこと言うとね、あなたに突っかかるのが楽しくって。だってあなた、不幸なんて一つも知りませんみたいな顔してるから、どうしてもからかいたくなって」

明かされた理由は、まさかのものだった。

とてもじゃないが、可愛く笑って言うような理由じゃない。

「そ、そんな」

「ごめんなさい。八つ当たりよね。でも、勝手ばっかり言うけど私、あなたのこと嫌いじゃないのよ。急にダンスの練習しろなんて言われたのにやたら真面目にやったり、あなたって変わり者よね」

くすくす笑いながらコレットが言う。

そりゃあ言われたら真面目にやるだろう、練習ぐらい。自分がダメと分かってるからこそ、むしろ頑張ってやらなきゃとなるだろう。

「あ、あなただって変わり者だと思う！　私が気に入らないのに、練習に付き合ってくれたでしょう？　あれから、ちゃんとお礼も言えてなくて……」

私がそう言うと、今度はコレットの方が驚いたのか、ぱちくりと目を見開いてこちらを見た。

「呆れた。これだけ理不尽なこと言われてまだお礼なんて」

「それとこれとは、別でしょう？　あなたがピアノを弾いてくれて、それで嬉しかったのは本当のことだよ」

何だかおかしな展開になっているなあと思いながら、精一杯弁解した。

「あははは！」

すると、コレットは今度は苦笑などではなく、大笑いをして見せた。お淑《しと》やかさなどかなぐり捨てて、大きな口を開けて笑っている。

そしてその笑いを収めると、はあはあと息をつきながらこう言った。

「分かった。どうしてあなたが気に入らなかったのか」

「え？　なにが——」

「あなた、私に似てるんだわ。ここに売られてくる前の、何も知らなかった頃の私に」

そう言われてしまえば、もう何も言えなくなった。

もっと別の場所で、別の出会い方をしていれば、私たちは友達になれたかもしれない。

けれどこの世界で、この場所で出会ったからにはどうしても無理だ。私がよくても、コレットがダメなのだろう。

何だか寂しさのようなものを感じながら、私はホールを出た。

後にした部屋から、再びうっとりとするようなピアノの音色が流れ出す。

オプスに振り回されているくらいの不幸なんて、本当に些細なことだと言われた気がした。


果たして、それからすぐにギリアムと会うことができた。

「ギリアムさん。昨日の件ですが……」

私がそう切り出すと、他の人間に聞かれてはまずいと思ったのか、彼は近くにあった部屋に私を誘導した。そこは物置のような場所で、入ると少し埃っぽい匂いがした。

「昨日のうちに王都へ早馬を走らせた。遅くとも五日ほどで戻るはずだ」

「そんな、五日だなんて！」

その間に、例の領主殺しが襲ってきたらどうするのか。

ギリアムも考えは同じなのか、彼の表情には苦いものが浮かんでいた。

「さすがにこればかりは、陛下の指示を仰がねば。結果はどうなるか……気持ちはわかるが、堪えてくれ」

申し訳なさそうにそう言われてしまっては、彼を責めることもできない。

ギリアムは既に、自分にできることを最大限やってくれているのだ。

「分かりました……。それまで、私はどうしていればいいですか」

「ああ、ちょうどよかった。それを言いに行こうと思ってたんだ。魔導書の力で、ノーマを守ってほしい。貴重な証言者だ。敵側が放っておくとは思えない」

確かに、ノーマがいなければ私たちは何もできなくなってしまう。あの領主殺しも、そしてその陰にいるはずの真犯人も、真っ先に彼女を亡き者にしようとするだろう。

「分かりました」

オプスが思った通り力を貸してくれるかどうかは分からなかったが、ノーマとガンボのことが心配だったので私はギリアムの頼みを請け負った。


さて、ギリアムの頼みでガンボの家に続く洞窟の入り口へとやってきた私だったが、ここから先は一人でも迷うだけである。

そういうわけで、ガンボが特別な笛をくれた。

ドワーフにだけ聞こえるという不思議な笛だ。

洞穴の前で、思いきり笛を吹く。だが、吹いている私にすらまるで犬笛のように音が聞こえないのだった。

本当に音が出たのか不安になりつつ、入り口で待ち続ける。

だが、いくら待ってもガンボはやってこない。

(留守なのかな?)

そう思いつつも、もう一度笛を吹いた。

すると、ガンボではなく魔導書が私の手から飛び出してきた。

「イチカ様。こんなに待っても反応がないということは、あのドワーフたちは既に襲撃を受けた後かもしれません」

「え⁉」

オプスの言葉に、私は驚きのあまり笛を落としてしまった。

慌てて拾おうとするが、手が震えてうまくいかない。

「そ、そんなわけ……だって、この洞穴はドワーフたちしか知らないって前にガンボが……」

「ですが、城で襲われた晩、洞穴を通って彼の家に行ったでしょう。その時につけられていたのかもしれません。あちらの魔導書に」

「魔導書に……？」

私は何とか笛を拾い上げると、笛についた土を払った。

オプスの話を聞くのを、感情が拒否している。

城で対峙した領主殺し。あの時魔導書持ちの男が、魔導書を使って私をつけさせていたのだとしたら――？

「地中に掘った穴は闇。闇があれば自然と闇の魔導書の力は強まります。たとえ気配の欠片であろうと、あなたたちを追うことはそう難しくはなかったでしょう」

「そんな……はやく！　早く助けに行かなくちゃ！」

私はオプスに掴みかかった。頭がパニックで思うように働かない。

それでも、一刻も早く二人を助けに行くべきだということだけは分かる。

「ですが、今行けばイチカ様が危険な目に……」

「それが何だって言うの⁉」

私は怒鳴りつけた。

あんなに怯えていたのに正直に事情を打ち明けてくれたノーマと、この世界に来てからずっと親切にしてくれたガンボ。

二人がピンチだと言うのに、自分の身がどうとかそんなことを構っていられる状態ではなかった。

「協力してオプス。昨日の言葉が本当だというのなら！　私は絶対に、あの二人を――三人を連れて行かせはしない！」

手のひらに熱を感じた。プルーヴが発熱している。

「畏まりました。イチカ様」

オプスはそう言うと、その身を黒い小さな竜巻へと変えた。

そして驚く私を巻き上げ、洞穴の中へと入り込む。視界のない真っ暗な道を、オプスは風のような速さで進んだ。まるで暗闇の中でジェットコースターに乗っている気分だ。

どれだけ進んだのか、あっという間に竜巻はガンボの家に到着した。

道と部屋を隔てる白い布から転がり込むと、竜巻は発生した時と同じようにするするとほどけて人間の形に戻る。

「来たか」

部屋の中から、ガンボでもノーマのものでもない声がした。もちろんエルメスの声でもない。

恐る恐る声のした方を見ると、そこには男が立っていた。そしてその横では、なんと地面から伸びた黒い手が、ノーマの首を掴んで持ち上げているではないか。

部屋の中は荒れ放題で、土の壁は穴だらけ。ゆりかごのなかでエルメスがひどく泣いている。ガンボの姿を探すと、彼は倒れた戸棚の下敷きになり気を失っていた。

一刻も早く助けに駆け寄りたいが、そうはいかない。

黒いマントを羽織った男と、睨み合いになる。彼の手にはあの日と同じように、魔導書が握られていた。

——領主殺しの実行犯！

初めて黒マントの下の顔を見ることができたが、これといった特徴のない、強いて言うなら釣り目気味の若い男だ。体格はひょろりとしていて、お世辞にもガタイがいいとは言いづらい。

だが、不思議とどこかで見たことがある気がした。一体どこで会ったのだろう。

「せっかく見逃してやったのに、また痛い目に遭いたいのか？」

嘲るように、男が言った。

パーティーの夜を思い出す。訳が分からないまま、泣いて逃げるしかできなかったあの日のこと。

心細くて、そして悔しかった。誰とも言葉が通じないと気づいた時、一度絶望を見た。

「そっちこそ……」

「何？」

「そっちこそ、笑っていられるのも今のうちよ！　エンチャント！」

そう叫ぶと、男から見えない位置に控えていたオプスの輪郭が黒いオーラを纏った気がした。

それがぐんぐん広がって、あっという間に暗い部屋の中を完全な闇が包み込む。家具も、壁も、何も見えない。それなのに、領主殺しの男だけがただそこに浮かび上がっている。

「な、何だ？　……お前、魔導書か！」

男が慌てたように周囲を見回す。

驚いたのは、私も同じだった。ガンボやノーマ、それにエルメスの姿もここにはない。

「面倒だから隔離したのですよ。これでじっくりと遊べますね」

ぞくりとするような、オプスの美声が響いた。私は彼を盗み見る。

この男は本当に――誰かに意地悪をしている瞬間が一番美しいのだ。全くどうかしている。

「所詮はこけおどしだろ！」

男はそう叫び、自らの魔導書に命じようとした。だけど――。

「うわぁぁぁぁぁぁ！」

暗闇の中に悲鳴が響き渡った。

何事かと見れば、男の手に握られていた本が少しずつ闇に溶けている。

「憐《あわ》れな男です。そんなものはわたくしの写しに過ぎない。溶けて混じり、呑み込んでやりましょう。光栄に思いなさい」

魔導書が完全に消え去ると、今度は男の体が手から徐々に消え始めた。

「うわっ！　や、やめろぉぉぉぉぉぉ！」

絶叫がこだまする。だが、オプスは手を緩めたりはしなかった。じわじわじわじわ、男の手から肩、首、体と、首を残してすべてが消え去る。

宙に浮かぶ首だけが、裏返った悲鳴をあげ続けていた。血も流すことなしにこんなにもあっけなく、男は生首になった。

「オプス」

私は魔導書を呼んだ。

「あまり好き勝手はしないで。こいつには捕まって罪を告白してもらわなくちゃならないの」

すると、オプスは不服そうな顔をする。

「別に、殺してもいいでしょう？　証人ならば他にも」

「だめ。何度も言わせないで」

私はぞくぞくと喉元に這い上がってくる吐き気を堪《こら》えながら、できるだけ毅然とした態度で言い返した。

分かったのだ。

強い力を持ったこの魔導書は、自信のない主に従ったりしない。

ポーターがきちんと言葉で縛っておかなければ、好き勝手に自分の理屈を通そうとするのだと。

「……分かりました」

さも残念そうにオプスが答えると、まるでそれを合図にしたかのように視界の中に光が戻った。

闇の空間は消えて、立っているのは荒れたままのガンボの部屋だ。ノーマは床に崩れ落ち、棚の下からはい出したらしいガンボがそれに付き添っていた。泣きつかれたのか、エルメスの声は先ほどよりも弱々しくなっている。

だが、先ほどまでなかったものが一つだけ。

黒いロープのようなものに縛られた男が、床の上に転がっていた。何も反応しないところを見ると、気を失っているようだ。

私はオプスに命令して部屋の調度品をできるだけ元通りにすると、ノーマをベッドに寝かせガンボの傷の手当てをした。

運のいいことにガンボの意識ははっきりしており、骨が折れている様子もなく私はほっとしたのだった。

「突然部屋ん中に、知らねぇ男が入ってきたんだ。そんでノーマを渡せってよ。もちろん断ったが、そしたら魔導書を持ち出しやがった。人間たちは亜人を凶暴だなんて言うが、あれの方がよっぽど凶暴だよなあ」

重いため息をつくガンボに、私の心は申し訳なさではちきれそうだった。

「ごめんなさい。お城からガンボにここに連れてきてもらった時に、つけられてたみたいなの。だから、場所がばれちゃったのは私のせい……。いくら責めてくれてもいい。でも、昨日連れてきたギリアムは違う。人間の国王に知らせて、本当にあなたたちのことをどうにかしようとしてる。だから……私がこんなことを言っちゃいけないのかもしれないけど、どうか信じてほしい」

私のせいでガンボの家がばれたのに、どの口でそれを言うのか。

事態にひと段落つくと、湧いてきたのは安堵よりも自分のせいだという罪悪感だった。

彼らを、みすみす危険な目に遭わせてしまった。間に合ったからよかったけれど、もし間に合わなかったらどうなっていたのか。

突然のことに驚いたのか、ガンボはしばらく口を開かなかった。

気の重い沈黙。洞穴に入ってからこの部屋にたどり着くまでの時間より、きっとずっと長い。

「そりゃあ……」

ガンボの言葉を、私は判決を待つ罪人のような気持ちで聞いた。

たとえ何を言われても、耐えなければいけないと思った。彼らが負った傷を思えば、何を言われても仕方ない。

けれど、ガンボの言葉は予想外のものだった。

「どうしてイチカを責めるんだ？」

そう言ったドワーフは、心底不思議そうな顔をしていた。

「だ、だって、この場所がばれたのは私のせいだし、それでガンボはこんな大変な目に遭ったのに！」

「イチカをここに連れてきたのは俺だし、その時つけられてたってんなら俺にも責任があるだろ。何もかもイチカが背負い込むことはねぇ。それに、イチカは危険を承知で助けに来てくれたでねぇか。命の恩人を責めるなんて、それこそ間抜けになっちまう。それともイチカは、俺のことそんな恩知らずだと思うのか？」

「そ、そんなわけじゃ……」

あまりにもガンボが不思議そうな顔をするものだから、私は自分の考えの方がおかしいのだろうかと戸惑った。

ただ、ガンボが怒らなくて——嫌われなくてよかったと心底思った。

彼はこの世界に来て、初めて親切にしてくれた人だ。見知らぬ世界で困っていた私に手を差し伸べてくれた、大切な友達。

「ありがとうガンボっ」

感極まって思わず抱きつくと、オプスによってすぐ引き剝がされた。

「イチカ様。そういうはしたない行動はおやめください」

はしたないってなんだ。それだったら昨日のオプスの行動の方がよっぽどだと思う。

と思うけれど、言葉にはしなかった。さすがに赤ちゃんがいるところで、そんな話をするのは気がとがめたので。

「それで、あいつはどうするんだ?」

いけない。室内に殺人犯がいるというのに、ついリラックスしすぎてしまった。いくら気を失っているからと言って、油断していたら足下をすくわれる。

「ご心配なく。わたくしが責任を持って管理しますので」

にこやかにそう言うと、驚いたことに床に転がされていた男が、自らの影にずぶずぶと吸い込まれていった。

「ちょ、大丈夫なの？　死なれたら困るんだけど」

「ご心配くださいますな。死にはしません。ただ、死んだ方がまし程度の夢を見ていただくだけですよ」

オプスの凶悪な笑みに、私は何も言えなくなった。

死なないのならまあ、問題ないのだろう多分……。

第七章　領主殺人事件の結末

ギリアムの言った通り、早馬はちょうど五日後に戻ってきた。

その知らせを受けて、ギリアムは正式に国王からの使者としてリッツ伯爵の城に乗り込むと決めたようだ。

実行犯を捕まえているオプスの協力が必要不可欠ということで、お目付け役として私も城に上がることになった。夜会と合わせると二度目だが、前回逃げ帰った場所だと思うとなかなかに複雑な気持ちだ。

「気負うことはない。話をするのは俺だ。イチカは魔導書が暴走しないよう監督してくれればそれでいい」

ギリアムはこう言うが、それが一番難しいのだと私は心の中で思った。

もちろん、突然ダンスを踊れと言われたり立ち居振る舞いを直せと言われても、それはそれで困るのだが。

さすがに城からの迎えを娼館に寄越してくれというわけにはいかず、私たちは城に向かう前に一度、裕福な旅人の泊まる宿を経由することになった。

娼館から宿へはギリアムの用意した馬車で移動するらしいが、どっちにしろあの腰の痛い乗り物にまた乗るのだと思うと、憂鬱な気持ちになる。

再びパメラにドレスを貸してもらい、私たちは城へと向かった。

そういえば、どうにかしてお金を稼いでこの間のドレスを弁償しなければ。事件が解決した後のことを考えると、それはそれで頭が痛い。

がたがたと馬車に揺られ、城に着くと今度は正式な使者として出迎えられた。ギリアムたちは一様に騎士として正装している。白い制服が目に眩しい。

そういえば、私に襲いかかろうとした人も正式な騎士だったのだろうか。だとしたらあまりにひどい。

嫌なことを思い出しそうになり首を振った。今更あの出来事など思い出したくもないのだ。

広い大きな応接室に招かれ、そこにはアドルフとフェリシア、それにグスタフという当初挙がっていた容疑者三人が揃っていた。

「ようこそいらっしゃいました我がリッツ家へ。誉れ高き王立騎士団の皆さん」

大きな身振り手振りで私たちを出迎えたアドルフは、すでに伯爵位を継承したと言わんばかりだった。まあ、彼が一人息子なのだからそれも已《や》むなしなのかもしれないが。

ギリアムと私がソファに座り、対面にアドルフとフェリシアが座る。

ふかふかとした幅の広いソファだ。部屋の中の調度品は少し華美すぎるぐらいで、美しいのになぜか品の悪さを感じさせた。

あちらはソファの脇にグスタフが立ち、ギリアムの部下たちは何があっても大丈夫なように私たちのソファの周りを固めていた。監禁されていた時は恐ろしかったが、味方側になってみるとこの上なく心強い。

「それで？　この間会った時にはおくびにも出さなかったが、まさか陛下の使いで来ていたとは。君もとんだ食わせ者だな。それも女連れとは」

騙し討ちでもされたと思っているのか、アドルフが皮肉げな笑みを浮かべる。エーメ商会では馴れ馴れしい口調だったが、どうやらギリアムと親しい仲というわけではないようだ。

フェリシアは黙って微笑むだけ、グスタフはまるで彫刻のようにしかつめらしい表情のままだった。

「気を悪くしないでくれ。少し事情があってな」

「はん、どんな事情だか」

二人は同じくらいの年頃のはずだが、アドルフの方が圧倒的に老けて見えた。髪が乏しい上に髪色が薄いのも、きっと無関係ではないだろう。彼がオプスの言った『年寄り』でもおかしくはないが、やはり年齢的にはグスタフの方がその可能性が高そうだ。

けれど、彼を弁護していたノーマのことを思うと疑いたくないというのが本音だった。それもこれもすべて、これからの彼らの反応を見ていれば分かることではあるけれど。

「まあいいさ、まずはこれを見てくれ」

そう言うと、ギリアムはそっと私に目配せをした。いきなりかと驚くが、私は予《あらかじ》め決めてあった通り、彼の指示に従うことにした。

「オプス、お願い」

そう言うと、オプスは大人しく私の言うことを聞いてくれた。少々乱暴な形で。


——ドスン！


突然空中に現れた人の体が、重力に従って絨毯に叩きつけられた。これには事前にこうなることを分かっていた私すら、内心でぎょっとする。

あちらの驚きは私以上で、全員が驚いたように男を凝視していた。

そう、オプスがこの場に召喚したのは、ガンボの家で捕まえた例の魔導書使いだった。

「な、何だこれは！」

少し遅れて、アドルフが叫ぶ。

無理もない。突然招いてもいない客が自分の城の中に現れたら、驚くのは当然のことだろう。

「落ち着いてください。とは言っても無理かもしれませんが——。この男は、あなたのお父上であるリッツ伯爵を殺した犯人と思われる男です。私は、陛下に伯爵殺害の犯人を捜すよう命じられてこの街に来たのです」

ギリアムは、物騒な内容に似合わない温和な笑みを浮かべていた。焦っているのはアドルフばかりで、彼は犯人の男とギリアムの顔を交互に見ている。

ちなみに、実行犯の男は目隠しをされ猿ぐつわを噛まされ、更には手足を縛られている。オプスの作り出す黒い影によって。

何とか生きてはいるようだが、捕まえた時と違ってひどく消耗しているようだった。

オプスが言っていた死ぬより辛い夢とは、一体どんなものだったのだろう。恐ろしくて想像したくもないが。

その時、驚くべきことが起きた。

表情を変えないでいたグスタフが、口を開いたのだ。

「本当に……この男が旦那様を殺した犯人なのですか?」

「ええ」

「グスタフ！　主人を無視して客人に話しかけるな！　どういうつもりだ⁉」

アドルフが怒鳴りつける。しかし、グスタフは耳を貸さなかった。

「よくも旦那様をっ‼」

そう言うが早いか、彼は老人とは思えない動きで縛られた男に取り付いた。その手には薄いペーパーナイフが光っている。

「止めろ！」

ギリアムの号令よりも早く、彼の部下たちはグスタフを取り押さえた。ペーパーナイフの切っ先は男の喉仏に達する直前だった。

「グ、グスタフ……？」

想像もしない展開だったのか、アドルフが震えながらソファの上を後ずさった。

グスタフの行動は前領主への忠義心からきたようにも見えるが、己の悪事をばらされんがため証人の口を塞ごうとしているようにも取れる。

こんな風に誰もかれも疑うのは嫌だなと思っていると、ここでもっと驚くようなことが起こった。

「スナイデル！」

先ほどまで鉄壁の笑顔を崩さなかったフェリシア夫人が、よろよろと男に駆け寄った。グスタフにではない。夫を殺した殺人犯の方にだ。

「なんてひどい……こんなこと……っ」

夫人はスナイデルと呼んだ男に駆け寄ると、何とかその目隠しと猿ぐつわを外そうとした。

しかしそれは、ただの縄ではない。

ギリアムを縛った糸と同じように、オプスが影を編んだものだ。触《さわ》れないほど熱いということはないようだが、夫人は悪戦苦闘している。

「最後に話くらいさせてあげましょう」

意外なことに、そう言ったのはオプスだった。

慈悲の欠片もないような男が言うものだから、一体何事かと思ってしまう。

だが、それは決して優しさなどではなかった。それが分かったのは、オプスが男の口と目の戒めを外した直後だった。

「ああっ、あああぁぁぁぁ！」

黒い影が外れた途端、男は絶叫した。

ガンボの家で聞いたのとは違う、まるで人間のものとは思えないような悲痛な叫びだった。

「スナイデル！　どうしたの⁉　一体何をされたの⁉　スナイデル！」

フェリシア夫人が驚いたように問いかける。しかし男はまともな答えを返そうとはしなかった。

「嫌だ！　嫌だ離してくれ！　いやだー！　いやだいやだいやだ！」

まるで駄々をこねる子供のように、スナイデルは叫び続けた。数日前に見た時とは違って、その顔はまるで老人のように疲れ果てている。

「一体何が……」

こちらの味方であるはずのギリアムやその部下たちですら、あまりの惨状に絶句していた。

私はオプスの表情をうかがうが、彼はいつもと同じようにうっすらと笑みまで浮かべている。

ある意味想像通りとも言える表情に、私はため息をついた。お目付け役なんて言ったたって、この無軌道な魔導書を御せる人間など、そうそういるはずがないのだ。

「あなたたち！　一体スナイデルに何をしたの⁉　かわいそうにこんなに怯えて……っ」

夫人は先ほどまでのお淑やかな態度をかなぐり捨て、鬼のような顔で私たちを怒鳴りつけた。悲痛なその表情には、スナイデルという男に対する確かな愛情が感じられた。

そう、夫を殺した男への――愛情が。

「お、お母様……？」

唖然として成り行きを見ていたアドルフが、おそるおそるといった風に声をかける。

しかし、彼の母は振り向いたりなどしなかった。

「やめて、お母様などと呼ぶのは。あんな男との子供など、汚らわしいだけだわ」

もう取り繕う必要はないとでも思ったのだろう。フェリシアは息子に、あまりにもひどい言葉を投げつけた。

「え……？」

アドルフだけではない。私たちもまた、唖然として彼女に目をやった。

「あの男との間に、愛情などなかった。親が結婚しろと言ったからそうしたのよ。二十も年上の夫なんて、わたくしがどんな気持ちだったか分かる？　あなたが生まれるまで、地獄だった。あの男と閨房《けいぼう》を共にするのが、嫌で嫌で仕方なかったの。ケチで気難し屋の年寄り。死んでくれて清々したわ！」

フェリシアは心底楽しそうに笑った。

その勢いに押されて、部屋中の人々が黙り込む。

エルメスの出自を聞いた時に予想はしていたが、実際にその様子を目の当たりにすると衝撃が大きかった。

たとえ愛し合っていなかったとしても、だからといって殺してしまうなんて。

重い重い沈黙の中で、取り押さえられていた老人が悲し気に呟いた。

「奥様。まさかあなた様が、そんなにも旦那様を恨んでいたなんて……」

「ふんっ、今更何よ。あなたは知っていたはずだわ。私だって隠したりしなかった。ただ、みんなが目を逸らしていただけよ。誰も私の気持ちなんて聞いてくれなかったじゃない！　スナイデルは……スナイデルは違うわ。私の気持ちを分かってくれた。そんなに憎いなら殺そうと言ってくれた。あの男が死んで、その遺産で幸せになろうと誓ったのに、どうしてこんなことになってしまったの……っ」

フェリシアは、まるで自分が悲劇のヒロインだと言わんばかりに泣き崩れた。彼女の膝の上に頭を乗せた男は、まるで悪夢を見た子供のようにわめき続けている。

（ああ、そういえば）

私は、スナイデルを以前どこで見たのか思い出した。

それはパーティーでの夜のこと、彼の襲撃から逃れてギリアムを探していた時だ。

一番最初に、私に話しかけてきた男。言葉が通じず、動揺する私を見て驚いていた男。

それこそが、彼だったのだ。

逃がしてやるなどと言いながら、私が領主の殺人犯を見たなどと証言しないか確かめるため先回りしていたのだろう。

あの時、言葉が通じていたら一体どうなっていたのか。

そんなもしもを想像すると、背中をぞっと冷たいものが通り抜ける。

落ち着いたグスタフの代わりに、今度はフェリシア夫人が取り押さえられた。自害しないよう、口にハンカチが詰め込まれる。

あまりにも悲しいその姿に、思わず目を逸らしてしまった。

「一体、どういうことなんだこれは……」

未だに状況が呑み込めていない様子のアドルフだけが、最初の体勢のままギリアムと向き合っている。

しかしその目にはもはや、私たちを迎えた時の余裕は欠片も残ってはいなかった。どうすればいいか分からないとでも言いたげに、その視線は部屋のあちらこちらをさまよっている。

それは仕方のないことなのかもしれない。私たちですら、こんなことになるなんて予想もしていなかった。

まさかグスタフではなく、フェリシア夫人が犯人と繋がっていたなんて。

「これで、はっきりしました。リッツ伯爵殺害は、実行犯の男と奥様の共犯ということですね。奥様なら、実行犯を現場である伯爵の執務室に誘い入れることも容易かったはずです」

取り押さえられ身動きの取れない夫人に向かって、ギリアムは言った。

当然ながら返事はない。ただ乱れた髪に、らんらんとした目で夫人はこちらを睨みつけていた。

「まさかそんな、奥様が……」

グスタフの落胆ぶりはひどいものだった。

ノーマが言うように、彼は真面目な人物なのだろう。これまでの言動からして、殺された伯爵を慕っていたことも十分に伝わってくる。

「母様が、そんな……」

一方で、ショックを受けている様子のアドルフにもまた、私たちには言うべきことが残っていた。

「アドルフ、残念だが話はまだ終わりではないんだ。この話は夫人と、そして君にも大いに関係のあることだ」

ギリアムは若干の憐れみを込めてそう言うと、扉の向こうの人物に呼びかけた。

「どうぞ入ってください」

私たちと一緒の馬車に乗ってきた人物が、隣の部屋で待っているはずだった。私の付き添いのふりをしていたので、報告を受けたアドルフはただの使用人だと思ったはずだ。

「失礼します……」

そう言っておずおずと部屋に入ってきたのは、ガンボとノーマの二人組だった。本当はノーマ一人に来てもらうはずだったのだが、ガンボが自分もついていくと言ってきかなかったのだ。

ちなみにエルメスは、ここに連れてくるのは危険すぎるので、パメラに頼んで娼館で見てもらっている。

なぜエルメスが危険なのか、それは——……。

「我が城になぜ汚らわしいドワーフが!? ギリアム、一体どういうつもりだ！」

動転しているのか、アドルフが金切り声をあげる。

しかし、ギリアムは冷静だった。

「君が勝手に父君《ちちぎみ》の書類を改ざんして、エーメ商会と共謀しドワーフたちに渡す報酬から不当な搾取をしたことは分かっているんだ」

「な……っ」

アドルフは、あまりの展開に言葉をなくした。

「そ、そんなのどこに証拠があるっていうんだ馬鹿馬鹿しい！　要件がそれだというなら僕はもう行くぞ。不愉快だ！」

慌ただしく立ち上がったアドルフは、そのまま部屋を出ようとしてギリアムの部下に止められていた。

「証拠はあると言っただろう。エーメ商会の店主が吐いた。正式な買取額の五分の四を、君たち二人で仲良く半分にしていたそうじゃないか？　あまりにもあこぎなやり方だ」

ギリアムは呆れたようにため息をついた。

これには私も完全に同意だ。オプスからその可能性を聞いてはいたが、まさかそんなにがめていたなんて、呆れを通り越していっそ大胆だと感心してしまう。

「買取額については、そこにいるガンボ君が証言してくれることになっている。無事に済むとは思うなよ」

「は！　何を言ってるんだ。貴族の法に亜人から搾取しちゃいけないなんて項目があるか？　領内で取引される物品の税金は、領主の裁量で決めていいんだ。たとえ五分の四を税金として徴収していようが、お前に難癖をつけられるいわれはないね」

開き直ったように、大声でアドルフが言う。

そして残念なことに、彼が言うことは真実なのだった。

私もギリアムから聞いて驚いたのだが、貴族というのはもともと土地の豪族などであり、土地も人も領内にあるものはすべて領主の持ち物という考え方なのだそうだ。

国が制定している法律でも、領の運営について領主を縛る項目はほとんどないらしい。それでは領主が悪人だったらそこに住んでる人たちはどうなるんだと、ひどく悔しい気持ちになる。

「開き直らないでください。たとえ法に触れていなくても、あなたのしたことは人として最低です。他人の収入をかすめとるなんてケチな詐欺師も同然よ！」

気づいたら、思っていたことが口から飛び出していた。

打ち合わせではずっと黙っている予定だったのだが、アドルフのあまりの開き直りっぷりが頭に来たのだ。

「何だとこの女ぁ！」

アドルフは女なら勝てると思ったのか、ずんずんと近づいてきて私に摑みかかろうとする。

だがその腕は、すんでのところで空を切った。

「やめてください。その汚い手でイチカに触れるなんて」

いつの間にか、私はオプスに肩を抱かれソファの後ろに移動していた。

一瞬のことすぎて、何が起こったのか理解するのに時間がかかる。それは私だけではないようで、アドルフもまた呆然とした顔でこちらを見つめていた。

「アドルフ、落ち着いてくれ。この話にはまだ続きがあるんだ」

「続き？　一体どんな続きがあるって言うんだ？　お前は自己満足の正義感で僕の悪事を暴き立てたつもりだろうが、もう親父はいない。僕の領地でどうしようと勝手だろうが！」

「確かに勝手は勝手だがな、これを見てくれ」

そう言ってギリアムが取り出したのは、くるくると丸められた羊皮紙だった。紙を留めるために封蝋が施されている。その紋章を見たアドルフの顔が変わった。

「それはまさか、国王陛下の……」

「そう。そして俺は、陛下からリッツ伯爵への伝令を任せられた使者というわけだ」

ギリアムがそう言うと、アドルフは悔しそうに膝を折った。そして、まるでありがたい教えを戴《いただ》く信者のように、その羊皮紙を押し頂く。

立ち上がったアドルフは、ゆっくりとその封を解いた。そしてごくりと息を呑み、紙を広げる。

しばらくして、興奮していたアドルフの顔が紙のように白くなった。

「――内容については、こちらでも把握している。滞納し続けた税を、即刻支払うようにと」

そう。ドワーフから搾取したことを裁く法律はなくても、未払いの税金を取り締まる法律はある。アドルフが伯爵に黙って徴収した税収だ。それにかかる国からの税金を、まさか何も知らない伯爵が支払っているはずがない。

「こんな！　詐欺だ！」

思わずと言ったように、アドルフが叫んだ。だが、彼に同情する人は誰一人としていない。

「詐欺はお前だ。アドルフ。数日中に未納の税金を取り立てに王都から役人がやってくる手はずになっている。変に誤魔化さない方が身のためだぞ」

ギリアムの忠告が効いたのか何なのか、アドルフはその場に座り込んでしまった。

綺麗に撫でつけた金髪もすっかりよれよれになっていて、ここまでくるとさすがにかわいそうになってしまう。

「疲れているところ悪いが、話はまだ終わっていない。ノーマさん、悪いがこちらへ。俺たちにしてくれた話を、彼にもしてやってほしい」

するると、ずっと俯いていたノーマははっとしたように顔を上げた。

そして本当に話すのかというように、ギリアムの顔色を窺う。彼がこくりと頷くと、彼女は思い切ったように口を開いた。

「わ、私は、少し前までこちらで働かせていただいていた、下働きのノーマと申します」

「ドワーフがうちで？　何の冗談だ」

アドルフが吐き捨てるように言った。憎々しいというより、ひたすら憐れだ。何をやっていても、今の彼は投げやりにしか見えない。

「坊ちゃまにお会いすることはほとんどありませんでしたので……。ですが領主様には本当によくしていただきました」

「何だよ。親父と違って俺はくずだって？」

「そんなことを言っているわけでは……」

「当然だ！　ドワーフごときにそんなこと言われてたまるか！」

混乱しているのか、アドルフは自分より圧倒的に弱い立場である、ノーマに突っかからずにはいられないようだった。

ノーマはノーマで、彼に対して罪悪感があるからか、なかなか本題に入ろうとしない。

「アドルフ。それではいつまでも本題に入れないだろう。少し黙ってくれ」

ギリアムが苛立たしげに言った。フェリシア夫人はもう完全に興味を失っているのか、切なそうにスナイデルを見つめるのみだ。

「ノーマ、話の続きを」

ギリアムに促されて、今度こそ彼女は話の核心に触れた。

「伯爵様にお情けを頂いて……子供を産みました。アドルフ様の弟君になります」

そう、エルメスはなんと前領主とノーマの間に生まれた息子だったのだ。そう言われてみれば、彼らの淡い色の金髪はよく似ている。

「なん……だって」

アドルフは予想もしていなかったのか、呆然とノーマを見上げた。

「何言っているんだ！　そんなわけがないだろう。ドワーフの分際で……さては遺産狙いか？　一体どれだけ浅ましいんだお前らは！」

自分のことは棚に上げて、アドルフは怒鳴りつけた。真っ白になっていた彼の顔が、再び赤みを取り戻す。

赤くなったり白くなったり、今日の彼はえらく忙しい。

「アドルフ様……」

意外なことに、ここで口を開いたのは先ほどまで力なく座り込んでいたグスタフだった。

全員の視線が、彼に注がれる。部屋に入ってきた時はかくしゃくとしていたのに、今では年相応にくたびれた雰囲気を醸《かも》し出していた。

彼はギリアムの部下の手を借りてゆっくりと立ち上がると、ピンと背を伸ばし己を律する。

「今の話は、全て真実でございます。ノーマ、まずはおめでとう。無事子供が生まれてよかった」

グスタフの顔は少し悲しげで、彼女の出産を心から喜んでいるわけではないようだった。それでもお祝いの言葉を述べたのは、彼がノーマの言う通り使用人たちの心に寄り添うことのできる家令だからかもしれない。

「グスタフ！　知っていながらお前は見逃したというのか⁉　ドワーフの血が入った弟なんて邪魔なだけだ！　今から始末しても遅くない。その赤ん坊を僕たちに渡すんだっ」

ゆらりとアドルフが立ち上がる。

もう彼は正気ではなかった。ぎょろりと目を見開き、自分が間違いなく正しいのだとばかりにノーマに命令する。

「連れてきておりません。こうなるのが恐ろしかったから……」

ノーマは最初、私たちにこの話をしてくれた時、子供は領主の息子だと明かすことなく、一人で育てるつもりだと言った。

それを、無理矢理引っ張り出したのは私たちだ。

「オプス。何があっても絶対にノーマさんを守って」

隣に立つ魔導書に、そっとささやいた。室内に緊迫した空気が流れる。

気丈に立つノーマの肩を、しっかりとガンボが支えていた。

「坊ちゃま。おやめください。そんなことを考えてはいけません」

威厳を取り戻したグスタフは、決然と言い放った。味方がいないと悟ったアドルフの、顔が歪む。

そしてグスタフは、大きなため息をつき胸元から一通の封筒を取り出した。

「それは……」

アドルフは、いち早く気づいたらしい。

私には、その封筒が何を表すのか分からなかった。分かったのは、部屋の中の空気がまた微妙に変化したことだけだ。

「ここに、領主様のご遺言が書かれております」

「何だって⁉」

アドルフが叫んだ。

この世界で、遺言書というのはどの程度の効力を発揮するものなのだろう。そして、なぜ今になってグスタフがそれを出してきたのか。

「わたくしはずっと悩んでおりました。この遺言状を表に出すべきなのかどうか。この内容が現実のものになれば、リッツ伯爵領は間違いなく混乱いたします。だからこそ、領主様はわたくしに預けられたのだと思います」

そういえば、前領主とグスタフが言い争ってる姿を見たという話があった。

あれはもしかしたら、この遺言状に関することだったのかもしれない。

「ノーマ」

グスタフは主人ではなく、下働きをしていたドワーフの娘に話しかけた。それはとても優しい声で、少なくとも彼がノーマに悪感情を抱いていないことが、よく伝わってきた。

「君の決断を尊重しよう。領主様は、きっとこうなると分かっていらしたのかもしれない……」

そう言うと、グスタフはまず封筒をギリアムに差し出した。

そして彼が間違いなくリッツ伯爵家の紋章が捺《お》された封蝋であると確認すると、グスタフはそれを開封し静かな声でその文章を朗読した。

『私、ユリアーノ・リッツは、ドワーフの娘ノーマとの間に生まれた子供エルメスに伯爵位を継承させるものである。また、兄であるアドルフ・リッツはリッツ領に二度と足を踏み入れることあたわず。アルカマイトに関する追徴課税は、アドルフが私財より支払うものとする』

「何だって!?」

それは、まるでこうなることが分かっていたかのような文章だった。リッツ伯爵は、息子が不当に私腹を肥やしていることを知っていたのだ。

「そんなの認められるか！」

アドルフは見た目からは想像できないような素早い動きでグスタフに飛びかかり、遺言状を奪おうとした。

しかし、その前にギリアムの部下たちに取り押さえられる。それでも彼は怒りのままに抗い続けた。

「こんな馬鹿なことが、許されるはずがないんだ！　王都の裁判所に訴えてやる。俺が次の領主になるんだ！」

彼は休むことなく、そう叫び続けた。

ギリアムに促され、私とオプス、それにノーマとガンボが部屋を出る。

部屋を出ると、よほど緊張していたのかノーマがガタガタと震え出した。ガンボが支えているのとは反対の肩を、私も支える。

「わ、私、ちゃんとできてましたか？　頭が真っ白で、とにかくエルメスのことを守らなきゃって。でもまさかこんなことになるなんて思っていなくて、別にこんなことを望んでいたわけじゃ……」

前領主の遺言は、彼女にとっても意外なものだったらしい。

彼女の混乱は頂点に達していた。エルメスを守るために決着をつけるべきだと説得をしたのは私たちだが、さすがのギリアムも遺言状は想定していなかったに違いない。

私はぼんやりと、闇の魔導書使いを愛し、しおれた花のようになったフェリシア夫人に思いを馳せた。

彼女はノーマの存在にも、そして自分の息子が次の領主になれないということも、意に介してはいなかった。

ただひたすら辛そうに、怯えるスナイデルを悼《いた》ましそうに見つめていた。

彼女は本当に彼を愛していたのだろうし、そして彼女にとっては夫の不貞も息子すらも、心底どうでもいいものだったのだろう。

私はアドルフに同情した。

彼自身は差別主義の鼻持ちならない奴だが、そうなってしまった理由にはもしかしたら、生まれた環境も関係あるのかもしれなかった。


それから馬車の用意ができるまで、私たちは別室で待機することになった。

私たちというのは私とガンボとノーマだ。オプスはというと、先ほどの修羅場をあろうことか退屈だったとのたまい、プルーヴの中にお籠りしてしまった。

これには呆れたが、それでも概ね大人しくしてくれていたので、以前に比べれば格段の進歩だと思った。

「それにしても、これからどうなるんだろうなぁ」

例の遺言状が出てきた後、ガンボはしきりに首をかしげていた。

「だってよう、ってことはエルメスが次の領主様ってことか？　俺はあいつが大きくなったらアルカマイトの掘り方を教えるつもりだったんだがなぁ」

などと心底残念そうに言うのだ。

彼にとっては、甥が実は領主の息子だったという事実など、割とどうでもいいことらしい。

「もう、兄ちゃんはいつも能天気なんだから。ドワーフとのハーフに領主なんて務まるわけがないわ。きっと人間たちが許さないわよ」

ノーマは少し冷静さを取り戻したのか、遺言状の内容は実行不可能だと思っているらしい。

この世界の亜人と人間の関係は複雑で、ついこの間こちらに来たばかりの私には、簡単にどちらがいいということはできないのだった。

もし領主になったとしたら、エルメスが将来苦労することは目に見えている。

私は、ガンボを捜して食堂に行った時のことを思い出していた。亜人たちは皆、私とギリアムが亜人御用達《ごようたし》のコカトリスの鶏冠亭に来たことにいい顔をしなかった。

アドルフが過剰だとはいえ、亜人が領主になることには人間の方にも少なからず反発はあるだろう。

それらを纏める領主になれと決められてしまうのは、まだ物心もつかないエルメスには酷なことのように思われたのだ。

その時、扉の方からノックの音が聞こえた。

私たちは顔を見合わせると、来訪者に入室可能な旨を伝える。

少し間があって、入ってきたのはグスタフだった。彼は先ほどよりも落ち着きを取り戻したようで、背筋を伸ばし家令としての顔に戻っていた。

ただ、その顔には複雑な色が見て取れる。

立ったまま話し出そうとする彼に、私は椅子を勧めた。グスタフは慣れない様子で席に着くと、迷わずノーマを見つめた。

「まずは、元気そうでよかった。先ほどはそれどころではなかったが、君のことはずっと心配していたんだ」

彼は深みのある声でそう言うと、皺の寄ったしかつめらしい顔を少しだけ緩めた。

「ありがとうございます。……すいません。戻ってきてしまって。もう戻らないというお約束で、色々と便宜を図っていただいたのに」

どうやら、ノーマは城に戻らないという約束で、グスタフに助けてもらっていたらしい。

確かに、ドワーフの彼女が唯一の肉親であるガンボに黙ったまま出産し、更に産後すぐの体で城から出るのは並大抵のことではなかっただろう。

当然と言えば当然だが一人でできることではなく、グスタフの協力があったからこそできたのかと得心がいった。

彼は先ほど、遺言状を表に出すか悩んでいたと言っていた。ということは、彼はその時既に遺言状の中身を知っていたということだ。

そう考えると、戻らない約束というのは、エルメスが領主になるのを阻止するための方便に思えて、私は彼に疑いの目を向けた。

それに気づいたのだろう、グスタフは悲しげに笑って、そして言った。

「戻ってこないようになどと、約束させてすまなかった。アドルフ様はああいう気性の方だ。もしお前と息子のことが知られればどうなるか分からないと、そう思った」

私は先ほどのアドルフを思い出していた。弟の存在に動揺した彼は、あろうことかその赤ん坊を始末するとまで言ったのだ。

肉親の情などひとかけらもない、普通ならあり得ない言葉。

考えるだけでぞっとする。もしギリアムがこの街に来なかったら、彼女たちの運命は一体どうなっていたのだろう。

だって既に一度、命を狙われているのだ。

しかもそれはアドルフの命令ではなく、おそらくフェリシア夫人に頼まれたはずの、闇の魔導書使いの仕業だった。

ここでふと、ある疑問が浮かんだ。

「グスタフさん。フェリシア夫人は遺言状の内容をご存じだったんでしょうか？　ノーマはつい先日、例の魔導書使いの襲撃を受けました。運良くその時に捕まえることができたのですが、どうして彼はノーマを狙ったんでしょう?」

もちろん遺言状の内容が実行されれば、フェリシア夫人も領主の生母という立場をなくし、約束されていた恩恵を受けられなくなるからだと考えれば、動機にはある程度の納得がいく。

けれど、それはあくまでエルメスの存在を知っているという前提の上での話だ。グスタフが隠していた遺言状の内容を、彼女はどうして知っていたのだろうか?

「あの、あなたは……?」

突然口を挟んだ私に、グスタフは怪訝《けげん》そうな顔をした。

私は慌てた。

会ったこともない相手にいきなりこんなことを言われたら、不審に思うのは当たり前だ。

「彼女は私たちの恩人です。別の魔導書をお持ちで、襲われた私たちを助けてくれたんです」

ノーマが助け船を出してくれる。

実際私が助けたと言うのはあまりにもおこがましい気がして、ひどく狼狽してしまったのだが。

「そうですか、あなたが」

グスタフの小さな目が、少し驚いたようにこちらを見た。

照れくさいのと同時に、緊張を覚える。きっと今までに色々なことを見てきたであろう老人は、彼こそが伯爵であるかのような威厳を備えていた。

そして彼は、突然深く深く頭を下げた。驚きのあまり、咄嗟に何も言えなくなる。

「ありがとうございました。あなたがノーマとエルメス様を助けてくださらなかったら、私は一生後悔し、亡き領主様に顔向けできぬところでした。心から感謝いたします」

「そ、そんな。頭を上げてください！」

私は狼狽し、ばたばたと手を振った。

「私こそ、ノーマさんとお兄さんのガンボさんには、とてもよくしていただいて……。だからみんな無事で済んで本当によかったです！」

慌てながら何とか言うと、ようやく気が済んだのかグスタフは姿勢を正した。年長者に頭を下げさせるというのは、どうにも居心地が悪いものだ。

「ご質問に対するお答えですが、おそらく奥様は我々のやり取りを聞いていらっしゃったのでしょう。恥ずかしながら先ほどもお話ししましたとおり、私は伯爵位の後継者をエルメス様に変更することに反対しておりました。エルメス様は、ドワーフであるノーマとの間に生まれたお子。領主になっても、ご苦労なさるのは目に見えていた。領内にいらぬ軋轢《あつれき》を生むよりは、従来通りアドルフ様に受け継いでいただく方が双方のために幸せだと思ったのでございます」

先ほど私が考えたのと同じことを、どうやら彼も感じていたようだ。人間と亜人との関係を考えれば、それも仕方のないことなのだろう。

「なのにまさか、坊ちゃまがアルカマイトの収益を不当に自分のものにしていたなんて――旦那様は、このことをご存じだったのですね……」

アドルフを小さい頃から知っているであろう彼は、深い後悔を滲ませながら言った。

一体どこでねじれてしまったのだろう。ノーマが領主と恋に落ちたところからか、それともフェリシア夫人が望まぬ結婚をしたところからだろうか。

あまりにも色々なものを壊してしまった事件は、遺《のこ》された者の胸にやりきれないものを感じさせながら、こうして収束したのだった。

エピローグ

「どうしても行ってしまうんですか？」

娼館の前でノーマが残念そうに言う。

横でガンボがノーマと同じように残念そうな表情を浮かべていた。こうしていると、この二人は本当によく似ている。

ノーマの言葉に、私は後ろ髪を引かれつつ頷いた。

これから私とオプスは、王都に戻るというギリアムに同行させてもらうことになっていた。

それは、王都に魔導書を研究している機関があり、なおかつ過去の迷い子の記録も残っていると聞いたので、もしかしたら何か日本に帰る手掛かりが見つかるんじゃないかと思ったからだ。

ついでに言うと、強力な魔導書ということでオプスに関する届け出を国に出さなければならないらしい。

本人は闇の魔導書の原本だと言っているが、神から与えられた原本は既に全て失われたとされているそうだ。

それはもしかして原本が向こうの世界に行っていたから〝なくなった〟ということになっていたのか、それとも原本というのはオプスの思い込みで本当は彼も写本のうちの一冊なのか。

「本当に原本だとしたら、とんでもないことだ」

ギリアムはそう言っていたけれど、正直私には原本でも写本でもどちらでもいいような気がした。

どちらにしても、オプスがオプスというとんでもない個性と知性を持った生き物であることに変わりはないのだから。

ガンボとノーマの後ろには、娼館でお世話になった人たちが並んでいる。

中でもパメラはエルメスを抱いていて、エルメスの世話をしてもらった縁でノーマもここの女たちとはすっかり打ち解けたようだ。

これからエルメスは、次期領主としてグスタフの指導の下、領主城で暮らしていくことになる。

亜人とのハーフが領主になるのは前代未聞だというが、アドルフが処分されたからにはもう伯爵位を継げるのはエルメスしかいない。それでも実質的に領地を運営していたグスタフがいれば大丈夫だろう。

母としてノーマも城に戻るらしい。一度はガンボのもとに逃げ延びた彼女も、街の中に親しい人間ができて心強いと話していた。

苦労は多いと思うが、どうかエルメスには人も亜人も仲良く暮らせるような街づくりをしていってもらいたい。

……こんな風に子供に未来を託してしまうのは大人の身勝手だろうか。

とりあえず今は、彼の将来の幸せを願っておくとしよう。

私が彼にしてあげられることは少ないけれど、伯爵が将来を託し、そしてノーマが一生懸命守った命が作った街を、いつか見てみたいと思った。

「イチカ」

ガンボに呼ばれ、私は彼の照れくさそうな笑顔を見た。

「お前に助けてもらえなかったら、俺たちは一体どうなってたことか……。辛くなったら、いつでもここに帰って来いよ。お前のおかげで、俺の収入も増えたことだし」

ガンボの優しさが身に染みる。

寄る辺のないこの世界でそう言ってくれる人がいると思うだけで、私はひどく救われるのだった。

だが、それの何が気に入らないのか隣に立っていたオプスが、ぎゅっと私に抱き着きガンボを威嚇した。

娼婦たちから、黄色い悲鳴だったり野次だったりいろんなものが飛んでくる。

私は苦笑いをしながら、されるがままになっていた。もしここで拒否すれば、もっと面倒くさい事態になることは目に見えていたからだ。

それにしても、最初の頃は平気で私を傷つけたくせに、ここ最近のオプスの引っ付きっぷりと言ったら一体どうしてしまったのだろう。

私としては、できるだけ人前でくっつくのは恥ずかしいのでやめてほしいのだけれど。

だからといって人目がなければいいのかと言われたら、それはそれで困ってしまうのだが。

「オ、オプス？」

「何ですかイチカ様」

彼は私に抱き着いたまま、きらきらした顔で私の顔を覗き込んでくる。その距離の近さに、今にも恥ずかしさでキャパシティーが限界を超えそうだ。

「あのね、今はくっつくのはやめてくれないかな？　大事なお別れの時なんだし」

「なんと。それでは後でならいいということですね。分かりました」

オプスは意外なほどあっさりと答えたが、一体何が分かったというのか。

もしかしたら自分の首を絞めてしまったかもしれないという予感に震えながら、私はお世話になった皆と別れを交わした。

ただ、この場にコレットの姿がないことだけが、少し悲しい。

最後にもう一度会っておきたかったが、向こうが会いたくないというのならそれも仕方ない。

「そろそろ行くぞ」

ギリアムに声をかけられ、私たちは馬車に乗りこんだ。早馬では五日で手紙が帰ってきた距離でも、馬車だと十日近くかかるという。

そんなに長い間、腰の痛くなるこの乗り物に乗らなければいけないと思うと憂鬱だが、本来は馬でもっと早く帰れるはずのギリアムたちが、こちらのスピードに合わせてくれるというのだから我が儘は言えない。

私が馬に乗れれば一番いいのだろうが、残念ながら馬とは全く縁のない人生を送ってきた。この世界で過ごす時間が長引くようだったら、いつか馬の乗り方もマスターしなければならないだろう。

「では、行くぞ」

ギリアムを先頭に、彼の部下たちを乗せた馬が馬車の前と後ろにつく。

護衛されていると言われれば聞こえがいいが、またも逃がさないように見張られているみたいな閉塞感を味わう。

「まあ、仕方ないよね」

馬車の中で舌を噛まないようにしつつ、私は苦笑した。

オプスの力を一度でも見てしまったら、彼を警戒するのは当然だ。

それに王都では魔導書を研究している機関を紹介すると言われているのだから、ギリアムと出会えたことは素直に幸運だったと思うことにしておこう。

「おや」

その時、馬車の中で私の隣に座っていたオプスが、何かに気づいたように言った。

そして彼は、何だか楽しそうに笑う。

「どうしたの?」

気になって思わず尋ねると、彼はあろうことかはめ殺しになっていた馬車の窓に丸い穴をあけてしまった。それはコンパスで書いたみたいな綺麗な円で、私は唖然として一瞬怒ることを忘れてしまった。

そんな私の耳に、窓の穴からある音が聞こえてきた。

音は聞き覚えのあるメロディーを紡いでいる。

コレットが弾いてくれた、美しいピアノの曲だ。

音はどんどん小さくなり、すぐに風の音に紛れて聞こえなくなった。

それでも、これがどんな見送りより嬉しくて、私は穴から身を乗り出し、遠ざかる人々に向かって手を振ったのだった。

街を出て、街道を進む。事前に見せてもらった地図によると、ここからまだしばらくは伯爵領が続くらしい。

「それにしても」

ノーマたちとの別れに浸っていた私は、どこまでも続く田園風景を見ながら口を開いた。

「結局オプスが言った『年寄り』って誰だったのかな。私はグスタフがそうだと思ってたけど、なんだか違うみたいだし……」

何気ない風を装っていたが、私はずっとそのことが気にかかっていた。もしその『年寄り』が悪意を秘めて街に残っているとすれば、ノーマたちが危険だ。

そう――そんな男が、本当に実在するとすれば。

それを確かめたくて、私はオプスと二人っきりになった隙をついて、わざわざこの話を持ち出したのだが。

「おや、イチカ様はまだそんなことを信じてらしたのですか？」

オプスは少しだけ驚いた後、おかしそうに言う。

一瞬で頭に血が上り怒鳴り返しそうになるが、私は怒りを散らすために深呼吸をした。

何とか耐えられたのは、この言葉をまさかとは思いながらも予想していたからだ。

「やっぱり、出鱈目《でたらめ》だったのね？」

そう。容疑者の中でグスタフを連想させる『年寄り』という言葉。けれど実際のグスタフが忠義に篤《あつ》い好人物だと分かった今、疑うべきはそう証言したオプスの言葉の方である。

残念ながら、オプスの言葉を盲目的に信じられるほどの信頼感は、私たちの間にはない。

するとオプスは、今度こそ驚いたとばかりに目を見開いた。

そしてその顔は、彼が心底楽しい時に浮かべる麗しい笑みに取って代わった。

彼の笑顔の種類が分かるようになってきたあたり、私たちの付き合いが長くなってきた証拠かもしれないが。

「これはこれは、イチカ様はわたくしを疑ってらしたのですか？　それはまた——ご成長なされましたね！　オプスキュリテは嬉しゅうございます！」

魔導書はよく分からない理由で感極まって見せると、逃げる隙も与えず抱き着いてきた。

全くどうして、私はこんな厄介な男に好かれてしまったのだろうか。

もはや離せと言う気力すらわかず、私はオプスの好きにさせておいた。

その様子を馬車の外からギリアムに見られていて恥ずかしさのあまり埋まりたくなるのは、まだまだ先の話。

嘘ばかりで、絶えず主人を試そうとするプレミエール・グリモワール《原始の魔導書》。

その一冊と私の旅は、まだまだ始まったばかりなのだった。


イチカ様はお優しい方だ。

誰にでもお慈悲をおかけになる。

出会ったばかりのドワーフなどどうでもいいだろうに、見知らぬ世界に連れてこられてそれどころではないくせに、心配をしたり必死になったりしている。

彼女に仕えるようになって、何度も驚かされた。

その愚鈍さ。不器用さ。

わたくしを利用すれば世界を手にすることすらできると言うのに、うっすらとそのことに気付きながらも実行しようとは思わない。

他人との繋がりなどを大切にし、他人の幸せを己のもののように喜ぶ。

一体次はどうやってわたくしを驚かせてくださるのか。未来を考えるとどうしようもなく高揚してしまうのだ。

次はどう裏切れば、どんな試練を与えればわたくしを憎むのか。

ついプルーヴに籠って、そんな思考を巡らせてしまう。

例えば元の世界に帰れるとなった瞬間に、希望を絶たれたらイチカ様はどのようにわたくしを憎むのだろう。

その理不尽に嘆き悲しみ、どんな涙を流すのだろう。

想像しただけでうっとりしてしまい、わたくしはイチカ様を愛おしく思った。

彼女との日々はまだまだこれから。

わたくしにとっては最高の旅の始まりである。

番外編

嘘のように、穏やかな旅が続いている。

オプスはプルーヴから出たり入ったり。

初めの頃は彼がまた何かしでかすのではないかと気が気ではなかったが、何もないまま十日が過ぎるといよいよ私の方も気を張っているのが難しくなった。

波乱に次ぐ波乱だったがリッツ伯爵領での日々と違い、この旅程のなんと穏やかなことか。それは言い換えれば、退屈とも呼べる日々で。

ギリアムたちは私にできるだけこの世界の人と接触しないでほしいと考えているのか、村や町に寄っても最低限しか馬車の外に出る許可をくれない。

何でも、私の力を悪用しようと考えている人間がいるかもしれないからだそうだ。

——訂正。私の力というよりも私と契約したオプスの力、だが。

多少の窮屈さは感じるものの、私としてはこの生活に不満はない。

王都に着くまでの限定的な扱いということは分かっているし、トイレや食事などには十分に気を使ってもらっている。むしろ、私一人だけが馬車で楽をしていて申し訳ないくらいだ。オプスの危険性については誰よりも理解しているつもりだが、それにしても厚遇されすぎではないかと逆に不安になったりして。

整備された街道沿いを走っていると、旅の商人たちによく出くわす。

彼らは大抵荷物を背負って徒歩で旅をしていて、お金が貯まると馬車を購《あがな》い商いを大きくして最終的にどこかの都市で暮らすのが目標らしい。

直接話はさせてもらえないので、ほとんど伝聞と推測だけれど。

そして、そんな旅の商人にしてみれば、馬車で屈強な男たちに警護されながら旅をする私は一体どこのお嬢様なのかという話になるわけだ。

馬車を覗き込もうとする彼らの好奇心は分からなくもないが、さすがにそういうことが続くと辟易としてくる。

そしてその日の夜、ギリアムから思いがけない申し出があった。

「商人と会ってほしい?」

馬車の中に入ってきたギリアムの言葉に驚き、私は彼の言葉を一言一句たがわず繰り返した。

日も落ちかけて、そろそろ野営の準備を始めようかという頃合いである。普段ならば旅慣れた騎士たちが薪を集めて料理をし、それをこの馬車の中まで運んできてくれる。

手伝いを申し出たこともあったが、すげなく断られてしまった。

そう、今まで誰とも接触しないよう細心の注意を払っていたのは、私ではなく彼らの方なのだ。

だからその急な申し出に、私が驚いてしまったのも無理からぬことだった。

オプス以外の人間との会話に飢えていたので、こちらとしてはむしろ願ってもない申し出だったのだが。

「それはまたどうして……?」

けれどさすがに、その話にすぐに飛びつく気にはなれない。

むしろどうしてそうなったのか納得のできる説明がなければ、外に出るべきではないとすら思った。

心配しすぎかもしれないが、この世界に来て私も多少用心深くなったのである。

それほどまでに、この世界に来てから散々な目に遭わされた回数が多いとも言える。

なんせこちらには、私の足を積極的に引っ張ろうとするオプスがいる。ギリアムたちであれば楽に対応できるはずの事態も、オプスが裏切ったらと考えるととんでもなく恐ろしい。

「おやおや、それは心外ですね」

私の考えを読んだのか、プルーヴに収まっていたオプスが馬車の中に姿を現した。

烏《からす》の濡れ羽色の髪に、滴るような赤い瞳。

相変わらず寒気がするほどの美貌である。その笑みは傾国とすら言えそうだが、この男なら美貌などなくても面白半分で国を傾けそうなのが恐ろしいところだ。

オプスが突然現れたことで、ギリアムが警戒したのが分かった。

思い返してみれば彼もオプスによって色々と痛い目に遭わされているので、この反応も当然と言えば当然だろう。

私はまるで凶暴な飼い犬を警戒されているような、居《い》た堪《たま》れない気持ちになった。

犬ならば噛まないように躾《しつ》ければいいだけの話だが、オプスは犬ではないのでそう簡単にはいかないのである。

「実は――」

硬い面持ちでギリアムが語り出した事情は、要約するとこういうことだった。

旅人たちがよく使う野営地で、偶然王都に拠点を置く商人と一緒になった。相手は国王相手に商いをするような大商人で、無下にはできない。

その商人はどうやら、一切馬車から降りてこない私に興味を持ったようだ。

料理人を連れて旅をしているので、ぜひ一緒に食事でもどうかと誘いが来たらしい。

一度は断ったのだが、どうしてもと食い下がられギリアムはしぶしぶ馬車の中に来たようだ。どうとでも言いようはあったと思うのだが、ギリアムは真面目なので海千山千の商人に言い負かされてしまったに違いない。

彼の苦い表情が、何よりも如実にそのことを物語っていた。

「大商人ですか。面白い。イチカ様ぜひ会いましょう」

オプスは乗り気のようだ。

私としても、会って話をするぐらいならさほど問題ないのではないかと考えた。

国王相手に商売をする人がどんな人なのか、という興味もある。

その旨をギリアムに伝えると、彼は安堵したような、それでいて困ったような、複雑な表情でため息をついた。

「正直助かる。イチカは我々の主人の娘ということになっているから、何とか話を合わせてほしい。異世界から来たということは、内密に頼む」

くれぐれもと念を押されてから、よろよろと馬車を降りる。

楽をしているとはいえサスペンションのない馬車はがたがたと揺れるので、いつも降りる頃にはふらふらになっている。初日などは乗り物酔いで四苦八苦したものだ。今は気持ち悪いというほどではないので、私自身この生活に順応しつつあるのだろう。

「あら？　そちらがお嬢様ですの？」

高い声で呼びかけられ、驚いてそちらを見る。

煌々と焚火がたかれ、それを囲むように人々が車座《くるまざ》になっていた。

「え……っ」

思わず我が目を疑った。

声の主は、旅のさなかであるにもかかわらず華やかなドレスを纏った美女だったからだ。

今まで街道で見てきた商人たちは、そのほとんどすべてが男性だった。街道が敷かれているとはいえ、移動手段が限られた世界では旅暮らしは過酷だからだろうと、私自身何となくその事実に納得してもいた。

それゆえに、焚火に照らし出された彼女の姿には驚きを隠せなかった。

夜ということで視界は限られているが、それでも彼女が旅の疲れを感じさせないドレス姿をして、ばっちりと化粧までしていることがはっきり見て取れる。

私は急に不安になった。

なにせ、ギリアムたちの主人を演じなければならないというのに、私はこの十日間で碌に洗ってもいない服を身に纏っていたからだ。

弁解を許してもらえるなら、私だって途中で川があれば洗濯したかったし、誰も見ないと分かっていても身だしなみを整えたいという欲求はあった。

だがギリアムたちのできるだけ外に出ないでほしいという要請を受けて、それらすべてを諦めていただけなのである。

ほとんど外に出ていないので、目立つ汚れがないことだけが救いだろうか。パメラに用立ててもらった旅用のワンピースは餞別《せんべつ》のつもりなのか生地が丈夫で、動きやすくほつれにくいところは大いに気に入っている。

一方で、オプスはといえばいつも通りぴっしりと手入れの行き届いた燕尾服姿だ。これでは主従が逆の方がよかったのではないかとすら思える。

実際、驚いたような美女の視線は私とオプスの間を何往復もしていた。

「初めまして。嬉しいわ。長旅の道中にあなたのような若い娘さんに会えるだなんて」

溢れんばかりの笑顔で彼女は言った。

見たところ、私の格好に不審さを覚えている様子はない。

やはりあちらが規格外なだけで別に着飾っていなくても問題ないのだろうと、私は腰をかがめて彼女と簡単な挨拶を交わした。

パーティーに出るためこの辺のマナーは叩き込まれていたので、それが思わぬところで役に立った形だ。

「こちらよ。さあ座って」

アイーシャと名乗るその女性商人に招かれて、私たちは車座の一角に加わった。

一角とはいっても、他の人が地面に直接座り込んでいるのに対し、案内されたのは屋外とは思えない脚付きの豪華な椅子の上である。
人々の目が、私の背中にいるオプスに吸い寄せられているのが分かった。
椅子は全部で四脚あり、私は誘われるまま右から二番目の椅子に腰を下ろした。隣にはフォロー
のためなのかギリアムが腰かけ、もう一方には例の美女という配置だ。オプスはといえば、ここが
自分の定位置だとでも言いたげに私の後ろに立っている。
そして残る左端の椅子には、温厚そうな男性がにこにこと微笑んでいる。
アイーシャによると、その男性は彼女の夫であるらしい。
「ロイド・サクイードと申します。よろしくお見知りおきを」
ロイドはアイーシャよりも年長に見えた。物腰は落ち着いていて、知らず緊張していた私も少し
だけ肩の力を抜くことができた。
それにしても、この二人が王都でも有数の大商人だというのは、少し意外だ。
リッツ伯爵領での経験のせいか、この世界の大商人というのは少なからずあくどいイメージがあ
った。弱者から搾取し私腹を肥やすような。
「こうして出会ったのも何かの縁です。旅のさなかで大したおもてなしはできませんが、どうぞ」
謙遜したようなその言葉とは対照的に、並べられた料理はとても豪華なものだった。
保存用のパンをたっぷりの野菜スープで煮たお粥のようなものに、近所の村で調達したという新
鮮な野菜。ハーブと岩塩で味付けされた肉汁の滴るようなお肉。

そして水の代わりにたっぷりと注がれた葡萄酒《ぶどうしゅ》。

まるでレストランからデリバリーされてきたような料理たちが並ぶ。

どうやら車座になっているのは、偶然この野営地に居合わせた行商人たちであるらしかった。夫妻の使用人たちは、夫妻に給仕をする者を除いてまた別の場所で焚火を囲んでいる。

「いやぁ何ともありがたい。まさか旅のさなかにこのような食事を頂けるとは」

老齢の商人が言った。

それは居合わせた行商人たちの総意であったらしく、他の男たちはうんうんと頷きながら料理にかぶりついている。

「本当にいいのでしょうか？　私はその、満足なお礼もできないのですが……」

主賓のような席に案内され戸惑っていると、ロイドは鷹揚に笑って言った。

「どうしても気になるようでしたら、何か旅のお話を聞かせてください。私たち夫婦は旅の方々の話を聞くのが大層好きなのです」

すると、集《つど》っていた者たちは口々に自分の見た珍しいものや景色、それに耳にした不思議な話について語り始めた。

海で島のような巨大な魚を見たという嘘か本当か分からない話から、どこどこは景気がよくてどこどこは悪いというような商人らしい話まで。

私はそれらの話に耳を傾けつつ、もそもそと料理を口にした。

どれもとてもおいしいのだが、一日馬車に揺られた後ではそれほど食欲も湧いてこない。

「お口に合いませんか？」

私の手が止まっているのに気づいたのだろう。アイーシャが心配そうにこちらを覗き込んできた。

せっかくごちそうしてもらっているのに申し訳ないと思いつつ、私は苦い笑みを浮かべた。

「いいえ。とてもおいしいのですが、旅の疲れが出てしまって……」

心配そうな顔をされて居た堪れない思いでいると、彼女は何か思いついたように側にいた小間使いを呼び寄せた。

小間使いはその場を離れたかと思うと、間もなく小さな茶色い袋を持って戻ってきた。

それを受け取ったアイーシャは、私に向かってにっこりと微笑む。

「手をお出しになって」

不思議に思いつつ彼女の言う通りにすると、アイーシャは茶色い袋の中から取り出したものをそっと私の手に載せた。

「これは……」

それは干した果実だった。

枝についたまましおしおになった黒い実が、手のひらの上に所在無げに載っている。その見た目はレーズンそっくりだ。

「これならどうかしら？　葡萄を干したものよ」

「お気遣いありがとうございます」

これなら食べられそうだ。それに甘いものは久しぶりなので、アイーシャの心遣いが心底ありがたく思えた。

だが、その干し葡萄を房から取って口に入れる寸前に、とんでもないことが起きた。

「きゃー!!」

和やかだった夕食の場が、突然の悲鳴によって騒然となる。

「なんだ!?」

ギリアムが素早く椅子から立ち上がった。

間もなく騎士たちが、ギリアムと私を守るように陣形を敷く。

それにつられるように、夫妻に雇われた傭兵たちも態勢を整えた。

大人数の雄たけびのようなものがとどろき、焚火の明かりが反射して抜き身の剣が光るのが見えた。

「盗賊だー!」

行商人の一人が叫ぶ。

どうやら盗賊たちは、先に使用人たちの焚火を襲ったようだった。

いくつもの悲鳴が聞こえ、恐ろしさで指先が冷たくなる。

車座があっという間に壊れて、行商人たちが散り散りになって逃げていく。

側にいたギリアムが、それを見て舌打ちをした。

「ばらばらになるな！　守り切れない！」

だがパニックになった人々が、その制止を聞くはずがない。

焚火の周りには、逃げ惑う人々の影絵が浮かぶ。その影のうちの一つに突然、細長い矢が突き刺さった。

「ひぃー！」

どうやら盗賊の中には矢を使う人間がいるらしい。

「焚火を消せ！　このままでは的になる」

ギリアムの声に、私は咄嗟に何か火を消すものがないかと周りを見回した。大きな鍋に入れられていたスープは既にほとんど取り分けられていて、火を消す役には立ちそうにない。

後は土をかけるしかないだろうか。

そんなことを考えていると、思わぬところから声が上がった。

「分かったわ！　エンチャント」

それは魔導書を扱うための呪文だった。

見れば、なんとアイーシャの手には分厚い魔導書が握られている。

そして続く彼女の呪文と同時に、魔導書から大量の水が噴き出した。水は炎を包み込み、あっという間にその場は闇に呑み込まれる。

明るいところから急に闇の中に放り込まれたので、一瞬視界が真っ黒になりかすかな明暗すら判別がつかなくなった。

盗賊たちは困惑しているようだがそれは私たちも同じだ。

怪我人の呻きや悲鳴が未だにあちこちから聞こえていて、誰が敵で誰が味方なのかすら分からない。

側にいたはずのギリアムの気配すら感じられず、私はもしかしたらこのまま死んでしまうのかもしれないという恐怖に襲われた。

その時、そっと肩を抱き寄せられた。

言葉がなくても、その腕の主が誰なのかぐらい分かる。

「イチカ様」

耳元で名前を呼ばれた時、私は不覚にも安堵してしまった。

この男が一番危険なのだと何度も自分に言い聞かせながら、結局私は心のどこかでこの魔導書に頼っているのだ。

「オプス。盗賊だけを拘束することはできる？」

そう尋ねると、気配だけでオプスが少し不服そうにしたのが伝わってきた。

「その程度のこと、造作もない。どうせなら皆殺しにしろと命じてくだされぱいいのに」

相変わらず、丁寧な言葉遣いでとんでもないことを言う。

当たり前だが、この旅の間にも彼は全く変わっていない。

「殺すより傷つけず拘束する方が難しいはずよ。それとも何？　やっぱりできないの？」

たきつけるように尋ねれば、オプスが気色ばんだのが分かった。

「イチカ様にはわたくしの力を思い知っていただけたと思ったのですが……そういうことでしたら、お見せしましょう。このプレミエール・グリモワールの力を」

そう言うや否や、オプスの気配が突然闇の中に溶けた。

私から離れたのではない。本当に、溶けたとしか表現しようのない消え方をしたのだ。

そしてすぐに、変化は現れた。

あちこちから聞こえていた悲鳴が、突然聞こえなくなった。まるで世界から隔絶されてしまったみたいに、突然何も聞こえなくなってしまったのだ。

視界どころか聴覚すら奪われ、私はさらなる恐怖に身を固くした。

右も左も分からない。オプスは一体どこへ行ってしまったのだろうか。そして他の人たちは無事なのだろうか。

そのまま、永遠のような時間が過ぎた。

本当は一瞬のことだったのかもしれないが、時の流れがいやに長く感じられた。本当はもう自分は死んでいるのかもしれないと一瞬そう信じかけたほどだ。

だが、無音の時間は唐突に終わりを告げた。

「誰か、明かりを！」

それはギリアムの声だった。

その声がすぐ近くから聞こえたことで、私は彼がどこかに消えたわけではなかったのだと知った。

だが、先ほどまでと明らかに違うことがある。

それは、先ほどまであれほど恐ろしく感じられた盗賊の雄たけびが、全く聞こえなくなっていることだ。

聞こえるのは、人々の衣ずれの音と痛みに耐える呻きの声だけだった。

焚火は水に濡れてしまったので、騎士の一人が持っていた火打石で松明をつける。

松明一つの明かりでは、まだ周囲の状況を把握することはできない。

だが残った薪《たきぎ》に次々と炎が灯されたことで、徐々にその場の状況が明らかになっていった。

中でも最も異様だったのは、スナイデルと同じように黒い綱のようなもので縛られ猿ぐつわを噛まされた男たちが、整然と横一列に並べられていることだった。

主犯格らしい髭面の男の脇で、オプスが誇らしそうに胸を張っている。

「いかがですかイチカ様。ご命令の通り全員捕縛いたしましたよ」

私は己の顔が引きつっていると自覚しながら、オプスに対して虚ろな返事をした。

「まさか……」

すぐ側で、アイーシャの呆然としたような声が聞こえた。

にこにこしていたロイドも、あまりのことに言葉を失っている。

だが、いつまでもそうしているわけにはいかなかった。

周囲の草原では、矢が刺さったり切りつけられたりした使用人や行商人たちが倒れ込んでいる。

私と同じように言葉を失っていたギリアムも、すぐに気を取り直したのか部下たちに彼らの救助を命じた。

私もすぐさま、彼らの手伝いを申し出る。

怪我の手当てに慣れているわけではないが、止血ぐらいは手伝えるはずだ。

運のいいことに、盗賊たちの使う矢には毒が使われていなかった。一番重傷だったのは最初に矢を受けた使用人で、その人も手当てが早かったために命は助かりそうという話だった。

全ての後始末が終わると、東の空が少しずつ白んできた。

結局眠らずに一夜を過ごしてしまったことになる。朝の光を見ると、安堵するのと同時にどっと疲れが押し寄せてきた。

一方で騎士たちは疲れも見せず動き回っている。

さすがに日ごろから鍛えている人たちは違うと思ってみていると、こちらもやけに疲れた様子のロイド、アイーシャ夫妻が私に近づいてきた。

「イチカさんたちと一緒で助かりました。優秀な護衛をお連れですね」

声をかけられ、一瞬何のことを言っているのか分からなかった。

すぐにそういう設定になっていたギリアムたちのことを言っているのだと思い、乾いた笑いを浮かべたが、次の言葉で勘違いをしていることに気づかされる。

「たった一人で盗賊たちを捕縛してしまったのには驚きましたよ。よほど夜目が利くのですね」

ロイドが言っているのは、ギリアムたちではなくオプスのことだ。

「一瞬の出来事でしたもの。人間業とは思えませんわ」

アイーシャは感心したように言っているが、私は気が気ではなかった。

なぜなら、私はできるだけオプスが魔導書であることを周囲に知られたくないと考えていたからだ。

それは彼が、唯一人間を傷つけることのできる闇の魔導書であることが最も大きな理由だった。私自身もその持ち主であると知れたらどう思われるか分からないし、またオプスを奪われるような事態にもなりかねない。

「いえいえ、アイーシャさんこそ水の魔導書をお持ちだったのですね。大量の水で焚火が消えたのでびっくりしました」

苦し紛れにアイーシャを褒めたたえると、彼女は恥じ入るように頬を赤らめた。

「お恥ずかしいですわ。ちゃんと加減ができていれば、すぐに焚火を復活させることもできたはずですのに。私の魔導書はどうも大味で困っているのです」

どうやら、始まりの魔導書の写本である魔導書たちにも、それぞれに個性があるらしい。

微細な調整が利かないとアイーシャは恥じ入っているが、一方でロイドは妻が褒められたことが嬉しいのか、誇らしげに胸を張っている。

「いやいや、君のおかげで助けられたことは数えられないほどだよ。君こそ我が水の女神だ。アイーシャ」

「あら、あなたったら……」

突然目の前でイチャイチャし始めた夫妻に、私は隠れて安堵のため息を漏らした。

どうやらオプスのことはうまくごまかせたようだ。

しばらく愛の言葉をささやき合っている二人を見ていたら、私の視線に気づいたのかロイドが気まずそうに咳払いをした。

「そうそう、それでイチカ殿にはぜひ、お願いしたいことがあるのだが」

「何でしょうか？」

葡萄を分けてもらった恩もあるので、私にできることなら協力したいと思いながら尋ねる。

だが、返ってきたのは思ってもみない申し出だった。

「いや、昨日の襲撃で傭兵が数人怪我してしまってね。君の護衛は無事な者が多いようだし、王都まで同行させてもらえないだろうか？」

はて困った。私の立場ではこの申し出に即答することなんてできない。

「そうですね……少し責任者と相談してみますわ」

そう言って私は彼らのもとを離れると、指示を出すギリアムに近づいて行った。

彼にたった今夫妻からされた申し出を伝えると、腕を組んでしばらく黙り込んでしまう。

「騎士としては市民を守る義務があるが、今は君を王都へ送る途中だし……」

ギリアムは苦渋の表情を浮かべた。

彼の中では、私とオプスを無事王都に届けることが何よりも優先されるということらしい。

だが、私たちに断られたらアイーシャもロイドも、その使用人たちもさぞ困るに違いない。もし彼らだけで別の盗賊の襲撃を受けたら、もうそれを退けることはできないだろう。

ギリアムたちの取り調べの結果、盗賊たちは夫妻の荷物を狙って野営地を襲撃したとのことだった。

折り悪く彼らは高価な商品を買い付けて王都に戻る最中で、複数の馬車に積まれた荷物だけで一財産だというのだ。

「あの馬車の台数では、王都に着くのにあと三日はかかる。不憫ではあるが我々は先を急がないと……」

ギリアムの返事に、私はひどく心苦しく思った。

できることなら、彼に反論したい。彼らも一緒に王都へ行くべきだと言いたい。

でも、昨日の襲撃のさなか恐くて動けなくなってしまった人間が、一体何を言えるというのか。

実際に剣を持って戦うのは、私ではなく彼らなのだ。

『我が主。何を悲しんでおいでですか？』

いつの間にか姿を消したと思ったら、プルーヴで休んでいたらしいオプスの声がした。

甘い甘い、まるで人間を堕落させようとする悪魔のような声だ。

『イチカ様の望みならば、わたくしが何でも叶えて差し上げますよ』

優しい声音に、私は自分の意志がぐらりと傾いだのが分かった。

実際に、オプスはこの事態をどうにかする力を持っている。荷物を一人で王都に運ぶことも、襲ってきた相手を一網打尽にすることも。だが、このまま彼を頼ってしまえば私はオプスに頼るばかりのダメな人間になってしまうような気もする。

「でも、アイーシャさんは水の魔導書の持ち主です。彼女たちが一緒なら私たちも心強いんじゃないですか？」

どうにかギリアムの説得を試みる。

もしここで彼らを見捨ててしまったら、絶対に後で悔やむことになるだろう。

「それに、ロイドさんたちは国王相手にも商売をしている無下にできないお相手なんですよね？もし彼らに何かあったら、ギリアムさんたちがお叱りを受けるんじゃないですか？」

そう言うと、ギリアムは少し考えるような表情になった。

彼の考えを変えるには、あと一押しが必要なようだ。

「じゃあ、こういうのはどうですか？」

私の提案を聞くと、ギリアムはもし夫妻がその提案を受け入れるならということで、しぶしぶ頷いたのだった。


「本当に、よかったのかしら。ここまでしていただいて」

恐縮するアイーシャに、私はできるだけ彼女を安心させるよう微笑みかけた。

「こちらこそ、私たちを信じてくださってありがとうございます。どうしても、王都に急ぐ用事がありまして、あなたがたの馬車を待っているわけにはいかなかったのです」

すると、アイーシャの隣に座ったロイドが深くうなずいた。

夫妻は今、私が最初に乗っていた馬車に乗って王都に向かっている。

彼らが乗ってきた馬車やそこに載っていた荷物は、オプスが影に収納して運ぶ手はずになっている。

また、さっきの現場には使用人たちと縛った盗賊、それに見張りの騎士が二人残ることになった。

使用人たちをオプスが運べば彼が魔導書であるとばれてしまうし、盗賊たちを同時に移送することはできなかったので苦肉の策だ。荷物さえなければ、彼らが狙われることもないだろう。

ここから王都までは馬車で一日、馬で半日ほどの距離なので、王都にいる騎士団に知らせて明日には彼らへの助けが派遣できる。

この提案を受け入れてもらううえで重要だったのは、ロイドたちがどの程度私たちを信用してくれるかということだった。

彼らの大量の荷物を、一時的とはいえ彼らの目の届かない場所に保管するのだ。それも魔導書を使うという事実を隠したままで。

だが恐る恐る申し出ると、彼らは躊躇なくこの条件を呑んでくれた。

出会ったばかりだと言うのに、私にとっては彼らの方がよっぽど勇気があると思う。

「こちらの無理なお願いを聞いていただいたのです。それに、あなた方は実際に私どもを助けてくださった。どうして信じないという選択ができましょうか」

ロイドの言葉に、私は彼の懐の深さを感じた。

価値のある荷物を、出会ったばかりの私たちに預けるのは相当勇気のいる決断だったはずだ。

だが、迷った様子も見せず即断した彼らに、私は好感を持った。

「お二人が無事で、本当によかったです。王都に行っても、仲良くしてくださいね」

思わずそう言うと、彼らは破顔してぜひにと請け負ってくれた。心強い味方だ。

王都に向かうことに対して抱いていた不安が、少しだけ薄らいだ気がする。

「ああ、王都が見えてきましたよ」

ロイドの声に、私は小さな窓の外を見た。

美しい白亜の城と美しい街並みが、その向こうには広がっていた。

Miya Natsume
夏目みや
Illustration 緒花
転生したゲームの世界で
崩壊フラグを
へし折ります
おや？？　王子様がぐいぐい
迫ってくるんですけど⁉
フェアリーキス
NOW ON SALE
侯爵令嬢のリーサは、初めて出席した舞踏会で第二王子を見て仰天する。イケメンだけど威圧感たっぷりの彼・ルイス王子は、世界を崩壊に導く《破滅の紅蓮王子》じゃないの！　ゲームの世界に転生したことを知ったリーサは、破滅回避の糸口を探るため彼に近づくが……「ルイスに友人が！　すわ婚約者！」王妃も兄王子も大感激で後押しされるはめに！　ルイスからも「お前は誰にもやらない。覚悟しておけよ」と言われて⁉
フェアリーキス
ピュア
F
fairy kiss
Jパブリッシング　http://www.j-publishing.co.jp/fairykiss/　定価：本体1200円＋税

最凶の人型魔導書に偏愛されているのですが。

著者　柏てん　　© Ten Kashiwa

2019年3月5日　初版発行

発行人　神永泰宏

発行所　株式会社 Jパブリッシング
〒102-0073　東京都千代田区九段北1-5-9 3F
TEL 03-4332-5141　FAX03-4332-5318

製版　サンシン企画

印刷所　中央精版印刷株式会社

ISBN：978-4-86669-189-3
Printed in JAPAN